Tradução lunfardo-português: Henrique Júdice Magalhães

—DELINQUENTE—
ARGENTINO

ERNESTO
MALLO

Copyright da tradução © 2017 by Editora Letramento
Copyright © 2007, Ernesto Mallo
Título Original: Delincuente argentino

Diretor Editorial | Gustavo Abreu
Diretor Administrativo | Júnior Gaudereto
Diretor Financeiro | Cláudio Macedo
Logística | Vinícius Santiago
Tradução | Henrique Júdice Magalhães
Revisão | Henrique Júdice Magalhães
Capa | Luís Otávio
Projeto Gráfico e Diagramação | Luís Otávio e Gustavo Zeferino

Todos os direitos reservados.
Não é permitida a reprodução desta obra sem
aprovação do Grupo Editorial Letramento.

Dados Internacionais de Catalogação na Publicação (CIP)
Bibliotecária Juliana Farias Motta CRB7/5880

Referência para citação
MALLO, E. E. Delinquente argentino. Belo Horizonte(MG): Letramento,2017.

M255d Mallo, Ernesto, 1948-
Delinquente argentino / Ernesto M. Mallo; Tradução Henrique Júdice Magalhães. -- Belo Horizonte(MG): Letramento, 2017.
220 p.; 21 cm.
Inclui referências
ISBN: 978-85-9530-031-6
Título original:Delinquente argentino
1. Romance argetino.I. Magalhães, Henrique Júdice. II. Título.
CDD Ar863

Belo Horizonte - MG
Rua Cláudio Manoel, 713
Funcionários
CEP 30140-100
Fone 31 3327-5771
contato@editoraletramento.com.br
editoraletramento.com.br

Grupo Editorial
LETRAMENTO

Explodirá a ilha da lembrança.
A vida será um ato de candura.
Prisão
para os dias sem retorno.
Amanhã
os monstros do bosque destruirão a praia
sobre o vidro do mistério.
Amanhã
a carta desconhecida
encontrará as mãos da alma.

ALEJANDRA PIZARNIK

M

1

Miranda, vai nessa!

O Toupeira está sentado no catre que já vai deixando de ser dele, esperando esse chamado. Sonhou com ele cada uma das mil, quatrocentas e sessenta e uma noites que passou neste pavilhão. Agora, lhe parece irreal que o momento tenha chegado, e lhe dá medo. Dentro, se sabe quando se deve estar alerta, quando se pode ser atacado. Fora, não se sabe de onde pode vir o golpe, quais coisas podem dar errado. O acaso é o pior inimigo de um assaltante.

No pavilhão da penitenciária de Devoto, paira um clima de velório. É assim cada vez que um preso popular deixa o presídio para voltar à liberdade, que é linda, mas, vista deste lado das grades, não é tão alegre como se poderia pensar. É que a prisão, ao mesmo tempo em que estimula a criminalidade, entorpece. A rotina de todos os dias atonta os reflexos, turva o entendimento e, ao mesmo tempo, atiça a raiva. Os criminosos experientes sabem que não é recomendável voltar à ação imediatamente depois de ser libertados. É comum que um delinquente, após uma pena longa, acabe morto pouco depois de sair.

O Toupeira é um preso rico. Garantiu o fornecimento de provisões e dinheiro que chegam de fora. Na prisão, com grana, se consegue qualquer coisa que se necessite. Miranda sabe com quem deve ser generoso, com quem compartilhar sua fortuna, que não é com todos, e sim com o Pica Grossa do pavilhão. Com ele, se deixa a prerrogativa da distribuição, que fará como achar melhor. Todos sabem de quem proveem os artigos repartidos pelo chefe da área, mas o Toupeira jamais deixará isso em evidência. A discrição é uma virtude cardinal entre os presos. Ali, é um homem respeitado. O Pica Grossa lhe dá proteção e lhe permite ter um "garoto" privativo. Com um pouco de inteligência e muito respeito, não há demasiadas atribuições na prisão. O mais perigoso são as rebeliões. Nelas, pode acontecer qualquer coisa, mas, seguramente, a probabilidade de morrer numa rebelião não deve ser muito distinta da de ser atropelado por um ônibus. Em poucos minutos, soará pelo corredor o grito: *Miranda, vai nessa!* Aí terá começo a viagem de quatrocentos metros que o separa da rua. Então, se levantará, pegará a bolsa que preparou mais cedo e sairá caminhando pela passarela formada pela dupla fileira de camas, sem olhar nem falar com ninguém. Os bens que não levará consigo já foram repartidos a título de herança. De todos de quem tinha que se despedir, já se despediu, horas atrás. Desde então, foi se transformando lentamente num fantasma. Quando alguém sai, se torna um ser invejado, é a encarnação do desejo de todos indo embora pela porta. Por isso, não se deixam as despedidas para a última hora.

Na cama ao lado, Andrés, que foi seu garoto nos últimos tempos, está virado de bruços, se esforçando para conter o pranto que o oprime como uma gravata demasiado apertada. Andrés ama o Toupeira, mas não sofre só por amor. Miranda foi bom e generoso com ele, tratou-o sempre com consideração, jamais lhe bateu nem o entregou a outros. Muitos no pavilhão o desejam, mas, até agora, ninguém se atreveu a se meter com ele. É um correntino[1] loiro de olhos verdes, bastante parecido com uma moça. Tem modos de senhorita, cozinha como uma deusa e fala em primeira pessoa no feminino com doce sotaque guarani. Está guardado desde os dezoito. A mãe morreu quando ele tinha onze anos e o sujeito que dizia ser seu pai havia abusado dele desde então. Uma noite, enquanto dormia, atou-lhe os braços e as pernas aos pés da cama e o despertou. Cortou-lhe a pica pela base e se sentou para vê-lo sangrar e morrer. Depois, se entregou à polícia. No processo, um advogado que atuava como dativo de pobres e ausentes, demasiado pobre e demasiado ausente, escolheu o caminho mais curto: lhe fez ratificar a confissão animosamente redigida, em sede policial, por um escrivão que detestava viados. Tampouco se deu o trabalho de recorrer da sentença que o considerou culpado de homicídio qualificado pelo vínculo e o condenou à perpétua. Miranda o comprou de um tal Villar. Depois do negócio, providenciou, sem que ninguém soubesse, que transferissem o vendedor para outro pavilhão, por via das dúvidas. Pouco tempo depois, Villar ficou doente e morreu. Correu que um câncer de pâncreas o havia fulminado.

---

1 Natural da província argentina de Corrientes (Nota do tradutor).

Agora, Andrés chora em silêncio. Sabe que tão logo o Toupeira saia por essa porta, terá início uma disputa por sua posse. Os candidatos a adonar-se dele são dois ou três, nenhum de seu agrado. O futuro promete pesares e sofrimentos. Miranda tentou destiná-lo a alguém adequado, mas o Pica Grossa lhe recomendou que não se metesse, que deixasse o assunto se resolver por si só. Não é homem de desperdiçar um bom conselho e, além do mais, *Quem quer se meter em confusões quando está prestes a sair?* Haviam se despedido num canto afastado do pátio. Nessa única vez, Miranda deixou que o beijasse brevemente nos lábios, *mas sem enfiar a língua, hein*, e essa foi a única vez em que Andrés lhe disse *te amo e vou sentir saudades. Não enche, cara.* Acariciou-lhe a cabeça como a um menino travesso e lhe deu as costas. Andrés ficou um longo tempo olhando através do alambrado. De trás, notava-se, seu corpo todo chorava a antecipação da ausência. A véspera dói mais que a execução; a agonia, mais que a morte.

Miranda, vai nessa!

Se levanta. Sai pelo corredor, com a dignidade de um rei, sem olhar para ninguém, como a coisa mais natural do mundo. Toda a atividade do pavilhão se interrompe para verem-no partir. Só quando a grade se fecha atrás dele, se escuta a voz forte do Pica Grossa, que lhe adverte do fundo da sala:

Não quero te ver de novo. Ouviu, Toupeira?

Miranda se vira e, embora não creia em Deus, lhe responde com um sorriso triste que diz: *tomara*. O Pica Grossa pensa que receberia melhor seu regresso que a notícia de sua morte e lhe ocorre que esse pensamento é um presságio, mas não quer pensar muito nisso. Destino é destino e cada um haverá de se encontrar com o seu.

A rua o recebe com rajadas contrapostas de ar frio. Ninguém foi esperá-lo. Não havia dito à Morena que dia exatamente ia sair, por mais que ela tenha insistido com ele uma vez e mais outra. Também havia proibido seu advogado de lhe dizer. Só havia lhe autorizado uma visita por mês, que ela jamais deixou de cumprir e ele jamais aceitou aumentar. Gostava de sua presença, mas lhe doía vê-la partir. A Morena está bem boa e é uma boa mulher. Miranda pensa que merece alguém melhor que ele.

Antes de se encontrar com ela, quer se certificar de três coisas: que não contraiu AIDS, que ainda funciona com uma mulher e que Susana está só. Qualquer dessas hipóteses inviabiliza qualquer possibilidade de reconstruir sua vida da forma que sonha. A questão da AIDS é a mais irremediável, mas também é a dúvida mais fácil de esclarecer: seu amigo, o doutor Gelser, lhe dirá como. A das mulheres também tem uma solução simples. Essa solução se chama Lia.

Enquanto se afasta da rua Bermúdez a bordo de um táxi, recapitula seus medos. Ainda que Andrés tivesse lhe garantido que estava bem de saúde, coisa que estaria provada porque na prisão os aidéticos têm um pavilhão à parte, na verdade nunca se sabe. A súbita morte de Villar o enche de dúvidas. *Se dá positivo, todo o resto perde o sentido*. Se o exame der um bom resultado, fará o teste com Lia. Teme que as mulheres não o excitem mais. Para dizer a verdade, aquilo que havia sido, no início, nada mais que uma questão de uso, de satisfazer a necessidade de meter sua carne noutro corpo, havia se transformado, nos últimos tempos, em outra coisa que o surpreendia: fantasiava com a noite, com Andrés, com suas fantásticas felações, com sua carne. Mais ainda, sonhava com seus olhos, e isso é o que mais o inquieta. Passando no teste, poderá enfrentar a questão da Morena, descobrir se tem outro homem. Não lhe dá raiva a ideia, compreenderia, teria que compreender, mas isso também poderia matá-lo de tristeza. Sente a necessidade de saber a verdade e não quer que ninguém venha contá-la, quer vê-la com seus próprios olhos. Sem que ela saiba, vigiará seus passos por alguns dias. Se esconderá perto da casa e saberá. Se esconderá como só ele sabe. Não por acaso, tem o apelido que tem.

No bairro, era o campeão. Nenhum dos garotos jamais foi capaz de achá-lo. Quando brincavam de se esconder, parecia que a terra o tragara; por isso, o apelidaram Toupeira. Essa aptidão natural para se misturar com a paisagem, esse dom camaleônico com o qual veio ao mundo, lhe foi de enorme utilidade em sua carreira criminosa. Desenvolveu-o e aperfeiçoou-o ao longo de todos os anos de sua vida adulta, e ele o salvou não poucas vezes, quando a polícia o cercava. Não são muitos os que sabem que se esconder é uma arte que se pode exercitar, que tem regras e leis. Para se ocultar com eficiência, a primeira coisa na qual pensar é no que o perseguidor procura.

Um formato, alguém que mede tanto, que pesa tanto, que tem determinada cor de cabelo, que é gordo ou magro, que tem bigodes ou orelhas grandes, que está vestido de tal ou qual maneira. O que for. Os olhos do perseguidor selecionarão rapidamente, entre tudo o que vir, aquilo que mais se assemelhe à imagem de quem está procurando. Em sua mente, haverá um retrato dessa pessoa. O Toupeira gostava de assistir documentários sobre a vida animal com seu filho quando era pequenininho. Uns cientistas que estudavam a fragata observaram que quando a mãe se aproximava dos filhotes para alimentá-los, estes abriam seus bicos automaticamente. Pensaram que isso era porque detectavam a forma e cor de sua mãe se aproximando. Então, fizeram uma experiência para ver se os filhotes reagiam apenas a forma e cor. Fizeram um boneco com a aparência do pássaro, pintaram-no de negro com uma mancha circular vermelha no peito, como têm as fêmeas adultas. Quando aproximavam o boneco, os filhotes abriam o bico. Foram simplificando progressivamente o fantoche até chegar ao ponto de lhes mostrar uma simples tábua triangular preta com uma mancha vermelha. Os animaizinhos continuavam abrindo seus bicos quando aproximavam-na deles. Forma e cor. Isso é o que se procura, o que se compara, o que se reconhece. Quanto mais intensa ou urgente for a procura e quanto maior for o número de indivíduos a comparar, menor será a quantidade de detalhes que se levarão em conta e a imagem do procurado irá se reduzindo a alguns poucos traços destacáveis. Quanto mais veloz ou complexa a busca, menos detalhada a imagem. O Toupeira sempre soube disso por instinto. Com o passar dos anos, e graças à sua capacidade de observação, elevou o ato de se ocultar à categoria de uma arte que consiste em mudar de aparência com a vestimenta, os gestos, a postura corporal. É um ator que pode aparentar dezoito anos ou setenta de um minuto a outro, é o rei do disfarce. Ajudam-no algumas condições inatas: tem altura e peso na média e sua cara não tem qualquer traço destacável, é a cara de qualquer um, a cara de todo mundo. Tem o cabelo liso e macio que se deixa pentear como se queira. A única coisa que o distingue são os olhos, não pela cor parda, comum, mas pelo olhar: inquisidor, movediço, certeiro, inteligente e rapaz como o de um falcão. Mas os olhos se podem ocultar com facilidade atrás de lentes, desviando o olhar, fechando as pálpebras ou com uma habilidade que poucos têm: mentir com eles.

Anoitece quando sobe a bordo do trem que o levará ao esconderijo. A estação está abarrotada. Na plataforma, os passageiros competem em silêncio por uma lajota junto à beirada e rogam que uma porta pare perto deles. O comboio entra lentamente na estação, fazendo soar o apito. As pessoas, entre a ansiedade por conseguir um assento e o temor de ser empurradas para os trilhos, se agitam, nervosas. Miranda se posta atrás, nem muito perto, nem muito separado da multidão. Quando o trem vai parando, tem início a corrida pelos assentos. Os que estão próximos às portas entram a toda velocidade, muitos dos que não as têm perto de si se enfiam pelas janelas, que estão abertas. A segunda leva de passageiros empurra a primeira contra os vagões. A terceira fila é composta pelos velhos, pelas grávidas, pelas mães com crianças pequenas, pelos mais fracos, pelos deficientes, pelos que já não querem brigar. Miranda se dirige ao vagão de cargas. Sobe atrás de um grupinho de garotos punk com roupas de festa.

2

O peito lhe dói menos esta manhã. Enquanto espera, Venancio Ismael Lascano, o Cachorro, pensa em Eva. Onde estará, que fim terá levado ela? Está esperando que se revele quem foi seu protetor, quem o salvou quando agonizava jogado na rua com um tiro de 45[2] que lhe entrou pelas costelas e lhe arrebentou o pulmão que já estava estropiado pelo cigarro. Seu salvador, ademais, se encarregara de que o atendessem, de sua cura e reabilitação. O havia instalado nesta casa, aos cuidados de uma enfermeira e escoltado por dois sujeitos soturnos e mudos. Quanto tempo passou? Não sabe ao certo. Quando disse a Ramona, a enfermeira, que estava farto do isolamento, ela lhe respondeu que isso era sinal de que já estava recuperado. Em seguida, escutou-a falar por telefone no quarto contíguo e, mais tarde, anunciou-lhe a chegada de seu protetor. É o que estão esperando enquanto pensa em Eva e olha pela janela para a longa fileira de eucaliptos que margeiam a rua de terra por onde vem um carro, deixando uma densa esteira de pó. O tempo esteve invulgarmente seco nestes dias. O Falcon se detém frente à porteira, o acompanhante desce, abre-a, aguarda que o carro a atravesse, fecha-a de novo e logo caminha em direção à casa a passo tranquilo, com a arma regulamentar fazendo volume sob o casaco. O carro estaciona junto às redes meio desconjuntadas, a porta de trás se abre e, de todas as pessoas do mundo, quem desce é o comissário-maior da Federal Jorge Turcheli, a quem chamam, na corporação, "Dólar Azul" porque até o mais trouxa percebe que é falso.

Para Lascano, é uma verdadeira surpresa, pois Turcheli é sua antítese: um policial corrupto que se fez rico na função graças ao negócio da distribuição de delegacias que estão sob sua responsabilidade. O cara se veste como um dândi e se mostra sempre bronzeado e atlético. Quando começa a caminhar rumo à casa,

---

2 Ver *A agulha no palheiro*, também publicado pela Letramento.

vê o Cachorro na janela, lhe dirige um sorriso e o cumprimenta com a mão. Lascano não responde nem à saudação nem ao sorriso, se dirige até a porta por onde logo entrará. Nestes momentos, pensa que um cigarro lhe cairia bem, mas o médico que volta e meia vem monitorá-lo lhe disse que tem que se despedir deles para sempre. Turcheli abre a porta e entra, sorridente como um diplomata.

Como está se sentindo? Intrigado, Jorge, muito intrigado. Que dúvida cruel te aflige? Não sei, primeiro você me entrega a Giribaldi, depois me salva a vida, me protege, põe um montão de gente para cuidar de mim. Algo difícil de entender. Olha, eu não te entreguei a ninguém, ao contrário, quando pus Giribaldi diante de você, foi para te dar a oportunidade de sair do enrosco em que você havia se metido. Vejo que tenho mais de um motivo para agradecer. Você não tem nada que me agradecer. Se acha que alguma das coisas que eu faço é por altruísmo, está enganado. Me diga uma coisa, como sabia onde os caras do Giribaldi iam me pegar? Eu não sabia nada, foi a sorte que te ajudou. Como assim? Quando começa o tiroteio nos Tribunais, você deixa esticados dois homens de Giribaldi. Chega uma viatura e chama uma ambulância porque você ainda está respirando. Dá o puta acaso de que quem está no comando da ambulância é meu sobrinho, você o conhece. Quem é seu sobrinho? O garoto Recalde. Ah, sim. Bom, nesse momento, ele me chama pelo rádio e me conta que você está jogado no chão, morrendo. Mando que ele te leve ao Churruca[3]*. Vou pra lá e acerto com o diretor, que é amigo meu, para que te atendam bem e te ponham sozinho num quarto. Faço circular a versão de que te mataram e digo isso ao trouxa do Giribaldi, que dá tudo por resolvido e não confere nada. E a moça? Que moça? Eva, a que estava comigo. Não sei nada de nenhuma moça. E diga, se não é por altruísmo, por que faz tudo isto, se eu não te sirvo para nada? Você se engana, Cachorro: se todos fossem como eu, estaríamos perdidos. A polícia é um grande negócio, mas, para que continue sendo, precisa ter um mínimo de eficácia, de existência real. Tem caras que não enxergam isso, que não percebem essa necessidade. Que não se ligam que é preciso deixar que os tiras como você façam seu trabalho. Não se pode deixar que acumulem muito poder, porque aí começam a criar problemas com seus ideais. Sabe como Ford definia um idealista? Acho que já vou ficar sabendo. Um idealista é alguém que ajuda outro a ficar rico. E o outro*

---

3   Complexo hospitalar da Polícia Federal Argentina (N do T).

é o que, um cínico? Pode ser, mas não sejamos moralistas. Como eu ia dizendo, havia gente que queria te tirar de circulação, não só Giribaldi e os milicos, na polícia também. Por isso, é melhor que por enquanto você permaneça "morto" se não quiser morrer de verdade.

Turcheli se levanta, olha pela janela, vai até a porta, fecha-a a regressa com um sorriso triunfal.

Te dou uma notícia em primeira mão. Vamos ver. Estou vindo com tudo para chefe da Polícia. Como conseguiu? Ano passado, entrei para a seita. Que seita? Veja, existem uns retiros que se chamam Cursilhos da Cristandade. Todos os milicos pica grossa haviam feito esses retiros. Funciona assim: se juntam doze caras num convento durante três dias. A única coisa que podem fazer é ler a Bíblia e rezar. Não é permitido falar com ninguém. A cada meia hora, vem um padre e começa a te fazer um discurso sobre Deus e o Diabo, o céu e o inferno, o bem e o mal. Coisas do gênero. Você escuta e não diz uma palavra. Isso durante os três dias. Te digo, chega um momento em que o cérebro fica em branco. E aí, sabendo disso, começam a te martelar a cabeça com a grande família cristã, a obrigação de se ajudar e proteger mutuamente. Bom, ali se juntam caras com poder, um general, um almirante, o presidente da Câmara da Construção, o secretário geral de um sindicato. Adivinha quem eu encontrei quando fui? Carlitos Balá[4]. Está frio. Grondona. O da AFA? Não, tonto, o outro, o da TV[5]. Não brinca. O melhor de tudo é que os frequentadores do cursilho, quando termina, juram se ajudar sempre, em qualquer ocasião. Há alguns dias, houve um escândalo na mídia pelo caso de uma moça que estupraram em Belgrano. Sobrinha de um ministro, imagine a confusão. Eu precisava fazer algumas declarações públicas. Liguei para Grondona. Falei com a secretária. No domingo seguinte, estava na TV. Veja só. Não imaginava que você fosse religioso, Jorge. Acontece que se você quer subir, precisa passar pelo encontro. Sério? Se não vai ao cursilho, não sobe. Além do mais, eu estou numa disputa com os Apóstolos, que querem a chefia para alguém deles. Quem? O Magro, Filander. Mas acho que levo essa. Com minha aparição na TV consolando os pais da moça, marquei um tento. Hoje, Cachorro,

---

4 Ator cômico infantil argentino nascido em 1925 (N do T).
5 Julio Grondona (1931 – 2014), então presidente da Associação de Futebol Argentino (AFA). Mariano Grondona (1932), jornalista, considerado uma das vozes do establishment argentino (N do T).

quem não está na TV não existe. A verdadeira política, agora, se faz na telinha. E esta semana, dou o golpe de misericórdia. Já pegamos o cara que arrebentou a menina. Vou guardá-lo até quinta à noite, anunciarei numa entrevista coletiva que resolvemos o caso. Já acertei tudo. Domingo, estou de volta ao programa de Grondona entregando aos pais o assassino de sua filha, de pés e mãos atados. Gostou? Nada mal. Com isso, Cachorro, eu garanto o cargo de chefe da Polícia. Então, te reintegro. Na verdade, Jorge, não sei se quero voltar. Isso deixa comigo. Preciso de você porque vou precisar enquadrar os Apóstolos. Por que acha que vou te ajudar em sua batalha política? Porque você é tira nato, Cachorro. Por isso e porque eu, em todo caso, sou melhor que eles. E o que te faz melhor? Em primeiro lugar, porque salvei sua vida; em segundo, porque os Apóstolos estão envolvidos com uns turcos que andam metidos na questão do pó com os colombianos. Querem fazer de Buenos Aires uma estação de trânsito para a Europa. Para isso, já há várias autoridades envolvidas. Quando me derem a chefia, a primeira coisa que preciso fazer é varrer os Apóstolos do mapa. O que você quer é continuar com o negócio tradicional das delegacias. Sabe o que acontece?, é mais tranquilo, já está organizado. Quando você se mete com os traficantes, não sabe no que pode dar, são uma gente muito merda. Te queimam por qualquer coisa. Eu não sou tão homem de ação quanto de negócios. Com o pó, é preciso estar disposto a tudo. Eu sou ambicioso, mas gosto de viver bem, viver tranquilo. Como em tudo na vida, não se deve exagerar na ambição.

O Cachorro tem uma sensação de náusea que contém ficando de pé e inspirando profundamente.

Qual é minha situação? Sua ficha funcional está na minha escrivaninha, trancada à chave. Todo o mundo pensa que você está morto. Isso eu não poderei manter por muito tempo, mas quando me sair a nomeação, colocamos tudo em ordem. E Giribaldi? O reformaram. Os milicos nem saem mais à rua de farda. Estão com um monte de problemas nos tribunais. A coisa está ficando feia. As leis de ponto final e obediência devida[6]*, que inventaram para não serem julgados,*

---

6   A Lei 23.492 de 1986, conhecida como Ponto Final, determinou que, a partir do 60º dia posterior a sua promulgação, ficaria proibida, exceto quanto à subtração de menores e à alteração de identidade, a abertura de novos processos por crimes da ditadura de 1976-83 e

têm vários furos. Como assim? As crianças que afanaram dos guerrilheiros, por exemplo. Não têm como parar esses processos. Porque afanar um bebê não pode ser considerado um ato de guerra, *entende? Entendo. Há um promotorzinho, um fedelho que sabe tudo, que anda perseguindo-os, já meteu três ou quatro apropriadores[7] em cana.*
Turcheli olha a hora, fica de pé e faz um gesto de retirada.
Me disseram que já está recuperado, como se sente? Bastante bem. Bom, desfaçamos então esta estrutura que me custa uma fortuna. Tenho lugar para você numa pensão de Palermo. Mas veja que não é nenhuma pocilga, hein? Como queira, mas não tenho um centavo. Com a grana, não se preocupe. Dentro de alguns dias, Ramona te leva e se encarrega de tudo. Fica quietinho até me nomearem e eu te busco. De acordo? Como queira, mas não pense que vou me envolver nas suas picaretagens. Já, já, conversamos.

Lascano volta à janela, de onde o vê partir. A nuvem de poeira que o carro levanta vai agora em sentido inverso. Turcheli pretende mandá-lo ao front. Chega ao fim a suspensão da vida que significou sua cura e reabilitação. Dentro de sua cabeça, escuta o grito de "ação" que indica quando o filme recomeça. Não tem vontade de por-se a lutar contra criminosos nem assassinos, da polícia ou de fora dela; de estar alerta as vinte e quatro horas do dia; de olhar por cima do ombro constantemente. Não sente nenhum desejo de assumir responsabilidades, riscos. Sente que não tem nenhum lugar para onde ir, para onde queira ir que não seja para Eva, seus braços, seu amor. A proximidade da morte tornou-o mais sábio, mais distante, mais calculista. Olha para o carretel do qual se desenrola o fio de sua vida e se dá conta de que não lhe resta muita linha e que a pouca que resta vai se desenrolando em alta velocidade. Sonha com um tempo amável e gratificante. Reivindica a cota de amor que a vida

---

seriam extintos aqueles em que não tivesse sido ordenada a citação dos réus. A Lei 23.521, de 1987 (Obediência Devida), instituiu como excludente de culpabilidade para os já processados, com exceção dos que detinham funções de comando, a presunção absoluta de que haviam cumprido ordens superiores, salvo quando aos dois crimes mencionados mais os de estupro e apropriação de imóveis (N do T).

7   Termo cunhado no contexto do roubo organizado de bebês pela ditadura argentina de 1976-83 (N do T).

até agora só lhe concedeu fugazmente e para logo tirá-la, como se lhe pregasse uma peça. Lamenta não ter uma foto de Eva. O que não daria neste momento para ver seus olhos, para tocá-la, para sentir seu alento e suas mãos. Quando estiver de volta a Buenos Aires, se ocupará de averiguar onde no mundo está essa mulher. Dirá a Jorge que não vai aceitar sua proposta e lhe pedirá dinheiro para bancar a busca de Eva. Não vê na vida outro propósito, outro destino, outro interesse além de encontrá-la.

Enquanto um sol laranja, espetado pelos mil sabres dos eucaliptos, mergulha em busca do horizonte, Lascano sente que lhe dói o peito, onde a dor da ferida se mistura à da ausência.

M

3

É noite fechada e chove. Chove detrás dos vidros da janela. Chove na cidade, no país, no mundo. Giribaldi é despertado por um sonho que não quer recordar, é o mesmo que lhe vem tirando o sono há muito tempo. Tanto que já perdeu a conta. Não sabe quando foi que o teve pela primeira vez. A seu lado, dorme Maisabé e, no quarto contíguo, Aníbal, mas se sente só, como se o mundo se houvesse esvaziado e essas pessoas tivessem perdido qualquer importância. Agora, tem dúvidas sobre se alguma vez a tiveram, mas suspeita que devem ter tido. A tormenta agita os cristais da janela, por sua cabeça passa a imagem dele próprio saltando através dela e caindo em câmera lenta, em meio a uma nuvem de vidros quebrados, como nos filmes. Sua fantasia lhe proporciona uma amostra grátis do relâmpago de dor e da noite que se segue ao choque contra o pavimento: a chuva cai sobre seu corpo desconjuntado, se mescla com seu sangue, corre pela rua. Alguns poucos transeuntes se juntam ao redor de seu cadáver e, de cima, surgida à varanda, Maisabé o contempla com um estranho sorriso. Se senta na cama como que impulsionado por uma mola. Tem a impressão de ouvir um sussurro. Vira-se para olhar sua mulher. Um fio de baba vai lhe caindo pela comissura, estirando-se à medida que cresce a gota que o remata. Passos no corredor. A casa inteira range e protesta. Ouve o pranto de uma criança. Vai até o quarto de Aníbal. Giribaldi observa-o detidamente. A metade de seu rosto está iluminada pela luz de um poste que entra pela janela; a outra, na sombra. Tem certeza de que está desperto e finge dormir. Se aproxima e coloca sua cara perto da dele. Está quieto demais, se pergunta se não estará morto. Toca-o. O menino abre os olhos e olha-o fixamente, sem pestanejar. Giribaldi retira sua cara e desvia o olhar. Sai do quarto. Vai até o escritório, abre a porta-veneziana. A chuva pulula no chão e lhe salpica os pés descalços. Sai à varanda, se achega, calcula exatamente o lugar onde seu corpo cairia. A água está gelada. Regressa para dentro. Fecha a janela, senta-se à mesa. Não sabe o que fazer com a tremenda vontade de chorar que sente. Fica ali sentado, contemplando o nada, até que a manhã põe a casa em movimento.

Maisabé lhe traz uma taça de café preto, forte, sem açúcar; em silêncio, deixa-a sobre a escrivaninha e sai. No exato instante em que desaparece de sua vista, diz: *bom dia*. O homem não responde, olha agora a taça fumegante, lhe chega o cheiro do café como uma lembrança. Só o que sucede neste instante é real. Os minutos, as horas, os dias vão se precipitando no nada, num vazio sem fundo. Leva a taça aos lábios e não se dá conta, a não ser muito mais tarde, de que o líquido estragou-lhe a língua, e então atribui sua insensibilidade a uma doença terminal.

Após mais de três horas de espera, a secretária lhe comunica que o general está com um problema. Não virá. Não remarca, diz que consultará seu chefe e telefonará para ele. Há desalento em sua voz, falta de convicção em suas palavras, nenhum esforço de simulação em seus gestos. O major Leonardo Giribaldi (Reserva do Exército) sai do número 250 da rua Azopardo[8] e vai caminhando até a Corrientes. Ele, como tantos oficiais que foram dados de baixa quando Alfonsín promoveu outros mais modernos, passou a fazer parte de um grupo de pesteados. Ninguém vai dar a cara a tapa por eles nem defendê-los. Mais ainda, parece até que deveriam agradecer por não os denunciarem. O pior de tudo é que ninguém lhes diz nada, se limitam simplesmente a ignorá-los, como se nunca houvessem existido.

Giribaldi está tremendo de raiva. Senta-se na praça, tentando se acalmar um pouco. Do alto de um pedestal, Colombo olha para a Espanha e dá as costas à Casa Rosada. Um lugar que, acredita, jamais é ocupado pelos grandes homens, os patriotas, os que dedicam suas vidas a servir ao país. A azul e branca tremula numa das sacadas. Em outros tempos, o majestoso flamejar o enchia de orgulho, hoje o enche de vergonha. Os comunistas conseguiram tomar o poder. O que não lhes foi possível conseguir como homens, pelas armas, conseguiram enganando um povo que tem as orelhas sempre prontas para a lisonja. Olha para a janela do gabinete do Presidente da Nação.

---

8 Endereço do Estado-Maior do Exército, do Estado-Maior conjunto das Forças Armadas e do Ministério da Defesa da Argentina (N do T).

Ali deve estar o gordinho viado, o traidor, o vende-pátria. Enrolou direitinho todo o Estado-Maior. Inventou umas leis que não servem para nada. Nos fez acreditar que os únicos que seriam julgados pelas ações contra a guerrilha seriam os responsáveis máximos, a Junta de Comandantes. Mas quando lhes coube sentar no banco dos réus, abriram as pernas e disseram que eles não sabiam o que estava acontecendo. Como não iam saber! Os que os sucederam se disfarçaram de democráticos, como se não tivessem tido nada com isso. Se sentaram sobre seus rabos presos, rezando todas as noites para que não sobrasse pra eles. Engoliram tudo. E agora, nós, que fizemos todo o trabalho, que fomos ao front e arriscamos nossas vidas, somos os mais expostos.

Tenta apagar esses pensamentos porque lhe dá a sensação de que vai explodir de raiva. Tem que fazer algo, se ocupar de algo porque teme ficar louco. Se levanta, cospe no pavimento e caminha em direção ao edifício do correio[9]. É a hora em que começa o estampido de funcionários dos escritórios. Amanhã, marcou com Gutiérrez. Com a grana que fez nas operações de seu grupo de tarefas[10], montou uma empresinha de vigilância e limpeza. Parece que está indo muito bem, mas, quando falaram por telefone, lhe disse: *Se não tiver muitas ilusões, venha tomar um café.* Já sabe que não vai lhe dar um trabalho, mas pelo menos poderão conversar. Já faz muito tempo que praticamente só fala com sua mulher. Maisabé não faz mais que tagarelar sobre questões da casa, da escola do menino, dos preços, do dinheiro que não é suficiente.

Desce as escadas do trem subterrâneo junto com uma multidão apressada que caminha sem ordem nem conjunto. Toda essa gente desordenada e ruidosa o deixa mal. Reprime o impulso de gritar que façam fila. Se pudesse esperar obediência, Giribaldi os separaria em dois grupos: os que sobem e os que descem. Os que vão subir à bordo do trem, um passo atrás para dar espaço aos que descem. Uma vez que se tenham esvaziado os vagões, dois passos adiante e para dentro. Rápido, eficiente, organizado, limpo. Lhe desagrada a gente solta, disputando espaço, empurrando uns aos outros como animais no curral. Se estivesse a seu alcance, lhes imporia uma disciplina

---

9 Atual Centro Cultural Néstor Kirchner (N do T).
10 Expressão usada para designar as células em que se organizava o terrorismo de Estado durante a ditadura argentina de 1976-83 (N do T).

racional que os afastasse dessa animalidade pura, desse promíscuo roçar de corpos, dessa ausência total de respeito pelo espaço do outro. Mas não tem poder algum. Algum dia o teve e pôde exercê-lo em qualquer lugar e a qualquer hora; depois, se reduziu à acanhada geografia do quartel. Agora, nada.

Enquanto aguarda na plataforma a chegada do trem que já ilumina o túnel com suas luzes desalinhadas, se sente um qualquer, ninguém, mais um, uma vítima dos empurrões e da desídia dos civis indiferentes à dívida que têm para com homens como ele. As pessoas se amontoam, se inquietam e se preparam para tomar de assalto os assentos. Giribaldi, meio ofuscado por ter fixado a vista nas luzes que vêm aumentando de tamanho, pensa na pequena distância que o separa da morte: um passo à frente e pronto. Tudo acaba. Nesse momento, alguém lhe toca as costas. Lhe passa pela cabeça que querem jogá-lo nas vias. Dá meia volta levando às mãos à 9 mm que tem no coldre axilar e crava um olhar furioso num jovem *yuppie*. Olha-o de cima a baixo, tem uma barba de dois dias, terno preto, gravata amarela e uma mochila multicor. Não repara em Giribaldi, está como que noutro mundo, com as orelhas cobertas por uns fones dos quais emana um tum-tum ritmado que acompanha com pequenos movimentos de cabeça. A multidão se põe em marcha e, como uma onda, o arrasta para dentro do vagão.

M

4

Não fazem ainda quatro meses que Marcelo deixou a causa de seus pais. Agora, só de sua mãe, pois Mario partiu uma semana depois de sua mudança. Essa morte estava prevista, mas para mais adiante. Surgiram complicações inesperadas por uma bronquite, os médicos não acertaram o diagnóstico e o velho foi atacado por uma septicemia incontrolável. Poucos dias antes, quando lhe perguntou como estava, soltou a que seria sua última tirada: *Olha, eu estou mais pra lá do que pra cá*. Morreu da noite para o dia. Duas ou três vezes por semana, Marcelo janta com sua mãe.

O luto o obrigou a adiar o casamento com Vanina. Dias depois, nomearam-no promotor. Beneficiaram-no os pedidos de demissão de muitos funcionários judiciais que não tinham nenhum interesse em que suas atuações durante a ditadura fossem investigadas. Atribuiu a promoção a uma ajudazinha de seu pai, do além. Ele próprio ficou surpreso por esse pensamento. A vida após a morte lhe parece tão provável quanto Ganimedes[11]. Era sua maneira de lhe reconhecer as coisas que lhe havia dado e pelas quais se sentia grato.

Vanina, que foi a mais linda do 2º grau, agora o é também na Faculdade de Arquitetura. Super consciente de sua beleza, é, no entanto, muito correta, educada e formal. Marcelo pensa que seu excesso de formalidade subtrai espontaneidade a seus gestos, muito ensaiados para realçar o melhor de seus traços e de sua figura e para agradar qualquer pessoa, animal ou coisa que apareça em sua frente. Ambos arrastam ainda a dependência do olhar do grupo de amigos adolescentes para quem eles são "o" casal. Ela sempre havia se mostrado entusiasta da ideia de se casar e constituir família, mas aceitou a desculpa da morte de Mario para postergar a boda

---

11 Na mitologia grega, príncipe de Troia por quem Zeus se apaixonou, tornando-o imortal. Nome também de uma lua de Júpiter (N do T).

com menos protestos que Marcelo esperava e com mais raiva do que ele jamais imaginou. Ignora que, em Vanina, as mágoas ficam por dentro como o rescaldo que só notamos que está aceso quando nos queima. Com a nomeação na promotoria, havia lhe surgido uma aluvião de ideias que queria por em prática. Investigações, casos em aberto, uma série de delitos cometidos por pessoal militar durante a ditadura que haviam ficado sem processo e sem castigo, atolados numa série de leis e decretos contraditórios e, em muitos casos, inconstitucionais, que era preciso desenredar e levar adiante contra a falta de vontade política do governo de levar a julgamento os criminosos de farda.

Mamãe termina de preparar a comida na cozinha. O que havia sido seu quarto está exatamente igual a no dia em que o deixou. Que sua mãe o conserve intacto, tem para ele algo mórbido, macabro, como os pais que, ante a morte de um filho, transformam seu quarto em um cenotáfio. Marcelo veio buscar algo que deixou ali nos tempos em que trabalhava na vara de Marraco: os documentos de uma investigação que deu em nada, o caso Biterman. Quando tira o envelope da biblioteca, cai o livro que seu pai lhe deu de presente quando entrou na Faculdade de Direito. Senta-se na cama, deixa o envelope de lado e recolhe o livro do chão. Apesar de ser um leitor impenitente, seu pai não gostava de deixar nada escrito e, à maneira de dedicatória, destacou um parágrafo em amarelo: *A justiça é para mim aquilo sob cuja proteção pode florescer a ciência e, junto com a ciência, a verdade e a sinceridade. É a justiça da liberdade, a justiça da paz, a justiça da democracia, a justiça da tolerância.*

Sorri e deixa o livro de lado. Essa manhã, estivera trabalhando em vários casos de filhos de desaparecidos durante a ditadura que haviam sido apropriados por pessoal militar. As Avós da Praça de Maio haviam fornecido os dados e alguns se referiam a uma delegacia na província de Buenos Aires que havia sido utilizada como base de operações e centro clandestino de detenção sob o nome de COTI Martínez. Se acreditava que COTI era a sigla do Comando de Operações Táticas I. Várias testemunhas comprometiam ali um major de sobrenome Giribaldi. Chamou-lhe a atenção esse nome, que lhe soava familiar. O havia lido antes e estivera todo o dia tentando recordar onde. Ao meio dia, enquanto almoçava com

Mónica, sua amiga e protetora, juíza da câmara do Crime, repentinamente, entre uma garfada e outra do filé com champignons de Don Luis, se recordou: havia sido no caso Biterman.

Esse homicídio caiu nas mãos de Marraco pelas mãos do comissário Lascano, conhecido como O Cachorro. Entregou ao juiz toda a informação relacionada ao assassinato de Biterman, no qual estava envolvido Giribaldi. O caso foi assim: como era costume na época, o Grupo de Tarefas que Giribaldi comandava havia fuzilado dois jovens, um rapaz e uma moça, num descampado. Por acaso, um caminhoneiro parou no acostamento para urinar e viu os dois cadáveres. Tomou novamente seu rumo e registrou a ocorrência no destacamento de Puente de la Noria. Antes, essa mesma noite, um tal Amancio Pérez Lastra teve uma briga com Elías Biterman, um agiota do Once[12] a quem devia muito dinheiro e que acabou morto. Pérez Lastra recorreu, então, a seu amigo Giribaldi para que o ajudasse a se desfazer do corpo. O militar lhe sugeriu que o levasse ao mesmo descampado onde fuzilaram os jovens. No destacamento, designam Lascano para investigar os dois cadáveres que o caminhoneiro havia visto, mas, ao chegar, descobre que os mortos eram três e que um deles apresenta muitas diferenças em comparação aos outros dois. Lascano se deu conta de que esse cadáver não correspondia aos fuzilados pelo exército e que havia sido plantado ali. Se pôs a investigar e desenrolou toda a madeixa. Localizou o assassino, a arma usada no crime e descreveu a cadeia de cumplicidades. Está tudo ali. Marraco não incorporou essas provas à investigação. Marcelo foi testemunha do ocultamento. O juiz o encarregou de levar os documentos a Giribaldi, mas Marcelo se deu o trabalho de fotocopiá-los no caminho. Esses dados, que implicam Giribaldi na morte de um civil, estão no envelope que agora segura em suas mãos.

Amanhã, tratará de localizar Lascano. Tem a impressão de que aqui há muito pano pra manga. A mãe o chama à mesa. Enfia todos os papeis de volta no envelope. Decide levar também o livro de Kelsen.

O aroma que flutua pelo corredor desperta um crocodilo em seu estômago: sua mãe faz o melhor *risotto* do mundo.

---

12 Tradicional bairro judeu da cidade de Buenos Aires (N do T).

5

Jorge tira um tempo para se barbear meticulosamente. Abre as torneiras e contempla, com satisfação, o vapor que vai enchendo o quarto de banho. Se desnuda e entra embaixo da ducha de água muito quente. Sua mulher diz que ele não toma banho, se ferve. Lava o cabelo com xampu de ervas, unta o corpo com sabão de glicerina sem perfume e logo se enxagua duas vezes. Se seca frente à janela aberta sentindo o ar frio fechando-lhe os poros. Pega um frasco de Farenheit do gabinete. Aciona o espargidor com o bico apontado para o teto e deixa que a nuvem de perfume lhe caia em cima da pele como garoa. O banho é o momento que utiliza para planejar seu dia, é quando se sente mais inspirado. Está contente esta manhã. Apesar de todas as manobras e pressões dos Apóstolos para ficar com o cargo, conseguiu que o nomeassem. Recorda o olhar de raiva de Filander no dia da posse e sorri. Agora, tem que desarticulá-los rapidamente. Os caras não são exatamente crianças de colo de quem possa esperar que o engulam sem chiar. Dedicará a manhã a por em marcha seu plano para desbaratá-los. Sabe que não tem nem um minuto a perder, não pode lhes dar tempo de criar problemas por todos os lados para cercá-lo e derrubá-lo. Numa ação simultânea, transferirá Cubas para a regional de Orán[13], abrirá processo administrativo contra Valli e Medina, que estão até o pescoço no negócio dos desmanches. Bellón e García, colocará em designação especial. Filander tem que morrer. Esta é uma medida que não lhe agrada, que só toma quando não há outro remédio, e, neste caso, não crê que haja. Filander é um louco perigoso. Acredita que os demais farão como a barata quando acendem a luz. Dois ou três dias depois, se encarregará deles. Ladeski está em conflito com Hernández desde que ganhou dele a parada e ficou com a quinze. Se a garante a um deles

---

13 Departamento (subdivisão) da província de Salta, no extremo norte do país, fronteira com a Bolívia (N do T).

e dá, por exemplo, a dezessete ao outro, é provável que os some para seu lado. Primeiro, terá que ver suas reações, mas está quase certo de que conseguirá colocá-los para trabalhar para ele. Logo se saberá. Entra no quarto. Cora pôs a roupa limpa sobre a cama. A camisa impecavelmente passada; as calças, como dizia seu pai, com uma dobra de cortar salame; e os sapatos lustrados a tal ponto que poderia se barbear olhando-se neles. Se veste. Quando está terminando de dar o nó na gravata, entra Cora com o chimarrão. Sorve a bomba contemplando-se no espelho. Seu corpo não tem um grama de excesso e os fiozinhos grisalhos que lhe apareceram aqui e ali lhe dão um toque como de distinção. *Ainda tenho uma boa pinta.* Devolve a cuia a sua mulher e veste a jaqueta de seu novo uniforme de chefe de polícia.

E então, meu amor, não está orgulhosa de seu maridinho? Você sabe que sim, Jorge. *O que me dá medo é que agora vá te ver menos ainda que antes.* Não se preocupe com nada. *Não me preocupo, mas os meninos parecem hóspedes que vivem num hotel, você trabalha cada dia mais e eu fico mais sozinha que nunca. Você tem sua mãe, suas amigas...* Não é a mesma coisa, Jorge, não é a mesma coisa. *O que acha de sairmos esta noite para jantar e comemorar?* Ah, não sei, você quer? *Quem te entende? Digo aos meninos?* Não, só nós. Ah, não sei. Depois te ligo e combinamos. *Como queira, Jorge. Vou ter que escolher roupa?* Se não quiser ir pelada, vai.

Graciela está esperando por ele na entrada da rua Moreno. Também tem uniforme novo. O saúda com um *bom dia, senhor* e um olhar malicioso. Se entendem muito bem. O Departamento de Polícia inteiro suspeita que há algo entre eles. E há, mas o segredo que guardam é muito diferente do que todos imaginam. Acompanha-o até o gabinete. Jorge lhe pede uma série de ligações que ela anota num bloco. A moça fecha a porta do gabinete atrás de si, toma lugar em sua escrivaninha e começa a procurar os números para os quais deve ligar. Jorge, em seu gabinete, planeja as ações que deve executar imediatamente. Tem ante seus olhos o organograma da polícia. Ali estão os cargos e os nomes de quem os ocupa. Começa o trabalho de substituição. Corregedoria: risca comissário Olindo Gaito, escreve Lascano. Toxicomania: risca...

Na antessala, Graciela anota junto aos nomes que Jorge lhe ditou os números de telefone para os quais deve ligar. Abre-se a porta do gabinete e entram dois comissários que já conhece, um civil e uma oficial jovem que nunca tinha visto antes.

Cai fora, garota. Como, senhor? É pra cair fora. Pra onde, senhor? Pra casa, você tem o dia livre. Vou avisar o chefe. Deixa que a gente cuida do chefe. Mas... Sem mas, cai fora!

O cara fala aos sussurros, mas o tom e o olhar não admitem réplica. Graciela pega sua carteira e sai com o peito intumescido de pesar. A oficial toma o lugar dela na escrivaninha e passa o bloco das ligações ao comissário Valli. Lê, sorri com segurança, mostra-o a Bellón, arranca a folha, que enfia no bolso, e devolve o bloco à mulher. Olha para o civil.

Tudo pronto, doutor? Pronto. Vamos.

Valli e Bellón entram no gabinete; o doutor, atrás deles, fecha a porta. Jorge faz menção de se levantar, mas Valli já está em cima dele e o faz sentar-se com um empurrão. Bellón se posta atrás de Jorge e o pega pelos braços. Valli lhe aperta o pescoço, fazendo pinça com seu braço direito enquanto lhe puxa os cabelos com a mão esquerda. O doutor se aproxima, abre-lhe a jaqueta e faz saltar dois botões da camisa, abrindo-a com as duas mãos. Jorge tenta um movimento, mas Bellón lhe aperta os braços e Valli, o pescoço. O médico tira de um dos bolsos uma agulha cardíaca de dez centímetros e, do outro, uma seringa carregada de adrenalina. Encaixa a agulha no êmbolo, tira-lhe a capa plástica, empunha o conjunto como uma adaga e, em movimento veloz, crava-a com precisão no peito de Jorge. Sente a pontada no coração, olha para ele com os olhos desorbitados. O doutor aciona o êmbolo e esvazia a seringa no músculo cardíaco. Jorge tem um espasmo, chuta a canela do médico, que solta um palavrão. Sacode a cabeça para trás, começa a tremer violentamente. Os dois comissários precisam segurá-lo com força, seus olhos se enchem de sangue, tenta desesperadamente respirar, fica rígido, amolece e cai morto com os olhos e a boca abertos. Os dois policiais estão suando e tremendo pelo esforço. O doutor mede suas pulsações na jugular. Valli olha os papeis que há sobre a escrivaninha, pega a planilha, lê, dobra-a em quatro e guarda-a no bolso.

Delinquente argentino | 37

Pronto. Vamos.

Os três homens saem do gabinete. A oficial está no mesmo lugar onde a deixaram. Valli pega o telefone, disca um número. Diz: *tudo certo*. Desliga.

Em meia hora, você dá o alarme e chama a ambulância, este é o número. Sim, senhor. Tem alguma dúvida sobre o que andou ensaiando, sabe o que precisa fazer e dizer? Está tudo bem. Está calma? Muito calma. Não vacile, garota. Não se preocupe.

Os homens deixam a recepção. A moça os acompanha até a porta e fecha-a com chave. Vai até o gabinete. Entra. Se aproxima do cadáver de Jorge, confere suas pulsações no pescoço. Sai. Passa um pano nas duas maçanetas, fecha a porta do gabinete, tira a chave da porta da recepção, se senta à frente da escrivaninha. Olha a hora, suspira.

Tudo durou menos que três minutos.

6

Miranda passa a noite como se tivesse sido picado pela mosca tsé-tsé: revirando-se, flutuando num dormitar indeciso, pegando no sono apenas por uns poucos minutos, segundos? Passa sua primeira noite em liberdade prisioneiro de remorsos, temores, culpas e vontade de chorar. Tem a angústia que só um homem duro, moldado pelas inclemências da vida, pode sentir quando caem todas as suas defesas e se sente como uma lesma a ponto de atravessar uma trilha de sal. A vida lhe dói por todos os flancos, a vertigem se apodera dele e a única saída parece ser a final nessa noite interminável. Quando raiar o dia, vai se ver frente a frente com o que mais teme, com a verdadeira sentença. Sabe que é um desses momentos de tudo ou nada que por toda a vida teve que arrostar. Até mesmo os procurou, e até se jactou disso. Mas agora se sente cansado, queria parar. Não concebe a vida doente nem sem mulher e seu filho. Se levanta, vai até o banheiro, se olha no espelho que realça os sulcos que as grades lhe imprimiram, que não lhe poupa dos detalhes: o pequeno desvio do olho esquerdo para fora, que antes não existia; a mancha marrom na têmpora, as gengivas que deixam à mostra o começo da raiz dos dentes, agora amarelando. Sente que está farto dessa cara insípida que o contempla sem sentimento. Odeia os espelhos. Agora que lhe abriram a jaula, pode ter este tremendo instante de fraqueza – inevitável, por outro lado. Sente pena de si mesmo e se detesta por isso. Despreza esse homem que sempre foi, que não quer mais ser e que se propõe mudar de qualquer maneira.

O negro do céu se faz azul, se destinge. Isso que Miranda esteve esperando por toda a noite não o alegra. Deitado na banheira, com os olhos fechados e abandonado à sensação que lhe produz a água morna que o envolve, pensa: *essa é a melhor maneira: navalha no banho. Tirar o tampão do sangue, pegar no sono, deixar-se ir como vai a água. Deixar para sua mulher e seu filho um cadáver pálido, limpo, como que adormecido. Nada patético, sórdido ou sangrento. Algo que se possa enterrar decorosamente.*

O doutor Gelser teve que adiar duas vezes o encontro com Peretti porque a entrada estava repleta de policiais indo e vindo. Homem prudente, não quer se arriscar a que alguém o reconheça e comece a fazer perguntas. Mas, neste momento, a entrada do Hospital Churruca está especialmente tranquila. Olha o relógio. Deixa a esquina e se dirige a passo veloz até a porta. Está vestido com um conjunto de médico. Entra com a cabeça baixa, passa junto aos elevadores e vai diretamente pela porta que leva ao subsolo. O corredor está deserto. Para junto ao guichê do almoxarifado e toca a campainha. Se abre brevemente e se fecha de um golpe. Gelser caminha até a porta que fica ao lado, por onde aparece Peretti, um sujeito grandote com avental azul.

Venha, Tordo[14].

Gelser entra. Peretti olha para os dois lados do corredor e fecha a porta. De uma prateleira, tira uma caixa e a entrega.

Aqui está a encomenda. Maravilha. Já que estamos aqui, preciso de mais uma coisa. Se eu tiver, com muito prazer, do que se trata? Um Finochietto[15]. *Espere um momentinho...*

Peretti procura uma caixa de isopor e a deposita na mesa, diante de Gelser.

Servido, algo mais? Por ora, só isso. Combinou alguma coisa com os caras da farmácia? Temos que esperar até a semana que vem, quando o Turco voltar de férias, porque o idiota que está no lugar dele, é melhor perder do que encontrar. Está bem. Qualquer coisa, me avise. Está tudo certo, Tordo.

Gelser saca um maço de notas amarrado com um elástico e enfia no bolso da camisa de tecido leve de Peretti.

Isto é pela encomenda, quando devo pelo Finochietto? É por conta da casa, Tordo. Sério? Claro. Muito obrigado.

Peretti pega o telefone e disca três números.

---

14 Doutor com as sílabas invertidas (Tor-do, doc-tor), hábito linguístico portenho, sobretudo dos grupos marginais (N do T).
15 Separador cirúrgico criado pelo médico argentino homônimo (N do T).

Aguenta aí que já libero o caminho... Basco? Aí vai o Tordo Gelser com uma mercadoria. Deixe o caminho livre pra ele... Isso... Estão enchendo o saco na saida... Obrigado, nos falamos. De nada, quando quiser, às ordens.

São quase onze da manhã quando o Toupeira sai à rua. A manhã o presenteia com um desses esplêndidos dias de outono. Sol à medida, temperatura à medida, vivificante. Percorre a pé a distância que o separa da casa de Gelser. Sua localização é um dos segredos mais bem guardados do mundo do crime. Nem nos apertos mais terriveis os ladrões mencionam sua existência. Lá é onde vão se curar os perseguidos pela justiça quando são feridos pelos guardiães da ordem ou por delinquentes rivais, muitas vezes as mesmas pessoas. O Tordo havia exercido a medicina numa pequena clínica que havia instalado com muito esforço e poucos recursos no bairro humilde de Claypole, onde havia nascido e se criado.

Uma noite, um comissário daquela jurisdição lhe pediu um aborto, mas a garota era menor e a gravidez estava muito avançada, se negou. Inventaram um processo e o expuseram com total estardalhaço. Deu-se que perdeu o registro e, desde então, se transformou no médico dos bandidos. Um gênio extirpando balas, um mestre em evitar ou conter infecções. Havendo dinheiro, recebe; não havendo, banca do próprio bolso. Nunca deixa ninguém na mão. O cara conquistou um lugar de respeito, apreço e gratidão até mesmo entre os mais violentos e mais perturbados.

Na porta, não há placa, mas, dentro da casa, há todas as formalidades de um consultório e uma pequena sala de cirurgias guarnecida com o que pôde resgatar de sua antiga clínica e com o que Peretti provê. Gelser vai recebê-lo ostentando seu magnífico sorriso.

Toupeira, querido, que alegria, entre, entre. Quando saiu? Ontem. Tudo bem? Bom, você sabe como são as primeiras horas aqui fora. Um terror. Sabe que tem um cara que é psicanalista, que esteve lá e agora faz terapia para os bandidos? Meu velho, se chegamos ao ponto de ter psicanalistas para os bandidos, o mundo está perdido. Não brinca comigo. Era só o que faltava. Do que precisa? Olha... quero que me faça um exame para ver se tenho a peste. O HIV? O da AIDS. Esse mesmo, o HIV. Como faço? Moleza. Vá a este endereço. Fale

Delinquente argentino | 43

com Alberto, diga que fui eu quem o mandei, aqui tem a requisição. Não precisa pagar nada. Dinheiro não é problema. É por minha conta. Em dois dias, sai o resultado. Deixa eu te examinar, tire a camisa.

Gelser fica de pé e lhe examina os olhos com um aparelhinho que emite uma luz branquíssima, depois olha a garganta e os ouvidos, o ausculta e apalpa os gânglios.

Vista-se. Para mim, está mais saudável que leite A. Precisa tirar a dúvida? Claro. Quero voltar para a Morena, mas não se estiver pesteado. Quantos você enrabou lá dentro? Um só. Nesse tempo todo? Não, há um ano. Alguém mais fazia com ele? Só eu. Está bem, assim não é preciso se preocupar com a janela. Como assim? Nada, é que o exame não acusa se o contágio tem menos de uma semana, mas, pelo que você diz, não é seu caso.

Ao sair do laboratório, Miranda telefona para Parafuso e ficam de se encontrar à noite no Topolino, uma pizzaria do centro de Haedo. Parafuso é quem lhe administra o dinheiro. Quando o Toupeira está preso, garante que não falte nada a ele e a sua família. Cumpre essas tarefas com lealdade e meticulosidade assombrosas, presta contas e dá explicações além do que Miranda lhe exige. Marcam para as dez da noite.

O Toupeira chega antes e pede uma grande, metade mussarela, metade cebola com queijo e uma cerveja. Parafuso aparece um minuto depois. Miranda o vê elidir dois garotos descalços que pedem moedas na calçada e entrar apressado, se levanta, o abraça e lhe dá um beijo no rosto. Se alegra de verdade ao vê-lo, mas Parafuso tem o gestual desfigurado pela preocupação.

O que há, meu velho, que cara é essa? Você vai me matar. Que foi? Caguei quase toda a sua grana, Toupeira. Como assim cagou a grana? Não quis te dizer antes porque tinha a esperança de recuperá-la antes que você saísse, mas não consegui.

Muito sério, como que envergonhado, Parafuso coloca um envelope em cima da mesa. Miranda o contempla sem sair de seu assombro.

O que é isto? É tudo o que me restou.

O Toupeira entreabre o envelope, dirige um olhar decepcionado ao maço de dólares que contém e o guarda no bolso interno de seu casaco.

Mas o que foi que houve? A menina adoeceu.

Os olhos de Parafuso se enchem de lágrimas. Baixa a cabeça. O garçom coloca a tábua de madeira com a pizza sobre a mesa, abre a Quilmes e sai. O toupeira serve a cerveja e lhe oferece o copo. Parafuso engole tudo num trago só. Ergue o olhar dos restos de espuma e olha o Toupeira nos olhos. Tem a cara deformada pela dor. Sua voz soa como se tivesse a língua estropeada.

Ela está morrendo, Toupeira.

Baixa a cabeça e fica soluçando. Miranda faz um sinal ao garçom.

Faz favor, querido. Coloque a pizza numa caixa e dê a esses garotos aí. Perdemos o apetite, sabe?

O Toupeira fica olhando em silêncio seu amigo, até que se recompõe.

Você vai me matar, Toupeira. Quer parar de dizer asneiras? Como vou te matar? Eu teria feito a mesma coisa. Não há nada a fazer? Gastei toda a grana em exames para descobrir o que é que ela tem. E o que é? É um tumor no cérebro. Não dá para operar, nem tratar. A única coisa que posso fazer é sentar para vê-la morrer. Está cega...

Miranda, vendo que está por desabar novamente, o interrompe apertando-lhe o braço. Não quer saber mais nada. Não tem espaço para a dor de seu amigo. A prisão lhe deixou zonas mortas que tardarão muito em reviver.

Está bem, Parafuso, se acalme. O que vamos fazer? Se você teve que usar a grana, usou bem. Foda é que não me avisou. Sabe o que acontece, cara, quando você recebe uma notícia dessas, entra em órbita. Não pensa mais com clareza, não sabe mais o que fazer. Claro, te entendo. Não, Toupeira, me desculpe, mas não entende. Ninguém que não tenha passado por isso consegue entender. A cabeça explode, Toupeira. Nada do que importava importa mais. Tudo perde sentido. Você fica totalmente sozinho, desamparado. Não pode fazer nada além de se ver sofrer vendo como a doença vai devorando a vida de sua filha enquanto nota nos olhos vazios dos médicos que eles tampouco sabem nada, que não podem fazer nada. E isso ainda é pouco, Toupeira. Eu não tenho palavras para te contar o que estou passando.

De súbito, seu amigo se tornou inalcançável para ele. O Toupeira só pode olhá-lo: Parafuso leva uma mão ao rosto, baixa a cabeça e de sua boca sai um sussurro que é como um uivo pastoso, quase inaudível, que repica nos ossos de Miranda como na vez em que lhe aplicaram choques.

Quando puder, vou te devolver a grana, Toupeira, me perdoe. Faça-me o favor de não encher o saco com a grana, Parafuso. Está bem, Toupeira, obrigado. Não enche. Tenho que ir. Fique tranquilo.

Miranda se levanta para abraçar seu amigo, mas ele se esquiva, lhe aperta a mão com breve desespero e sai sem olhar para trás. O Toupeira o vê dobrar a esquina por trás das vidraças e se perder na noite. Termina a cerveja em três tragos, paga e sai. A noite está gelada.

Se põe a caminhar. Não esperava por isso. Essa careta de dor de Parafuso ficou-lhe grudada na retina como uma maldição. E o que acontece se amanhã o exame dá merda e está tão condenado quanto a menina de Parafuso? O que faria ele próprio se acontecesse uma coisa assim com seu filho? Afasta o pensamento com um bufo. É algo que não consegue conceber. Miranda é capaz de enfrentar qualquer coisa e pode fazer o que quer que seja, mas não se dá bem com as questões nas quais não pode fazer nada, essas situações em que a única coisa cabível é a aceitação. A aceitação é uma arte que não ocorre a ninguém praticar voluntariamente. É sempre uma imposição da tirana mais implacável: a mãe natureza. O mais próximo disso que Miranda conhece é a resignação que exerceu cada vez que a justiça dos homens o colocou atrás das grades. Mas a resignação é temporária e, enquanto dura, sempre se pode fazer algo, planejar algo, pensar num futuro ou fugir por um buraco ou por meio do suicídio. Mas a aceitação só se adota quando não há opções, quando não se pode escolher.

Por esse, caminho, viu Parafuso desaparecer atrás das janelas: só, apartado do mundo por uma tragédia que o coloca num lugar no qual não há consolo que possa alcançá-lo. Miranda o viu ir sabendo que não pode fazer nada por seu amigo, que ninguém pode. Mas tem que fazer algo por si mesmo. Não lhe resta muito dinheiro. Logo acabará. Caminha até doerem as pernas, então vai para o esconderijo e se joga na cama sem trocar de roupa.

A estação de trem de La Plata, tal como ele a havia visto quando criança. Está na plataforma olhando para uma janela onde estão sentados a Morena e Fernando, seu filho. Subitamente, o trem apita, a locomotiva exala uma nuvem de vapor e começa o movimento.

Mas não é o trem que se move, é a estação. Não são sua mulher e seu filho que vão embora, é a estação, é ele. Essa imagem continua lhe produzindo uma angústia indizível muito tempo depois de acordá-lo.

M

7

Mais morfina. Vamos ver... que horas são? Não, impossível, tem que aguentar mais duas horas. Por que? Precisamos guardar para a noite, que é quando as dores ficam piores. Me dê agora e de novo à noite. De jeito nenhum. Tem medo de que me vicie? É uma possibilidade, mas o que temo mesmo é que você não chegue a ter essa chance. Essa droga é maravilhosa, mas o preço é alto e rápido. Se sua pressão cair muito, não tenho como te salvar. Tem ideia do quanto dói isso? Não, nunca me deram um tiro. Não te desejo isso, tenho a sensação de que vou me partir ao meio. Veja, há diferentes maneiras de enfrentar a dor e você está adotando a pior. Ah, é? Qual? Está resistindo. O que deveria fazer? Relaxar e gozar. O que está dizendo?, masoquista eu não sou. Não é isso. O que é, então? Nunca parou para pensar para que serve a dor? Para nos atormentar a vida. Não, para preservá-la. Se não existisse a dor, você não perceberia, por exemplo, que está ferido e sangraria alegremente. Claro. A dor é a linguagem que o corpo tem para informar ao cérebro que alguma coisa está errada, onde e quão grave é. Entendo, poderia usar uma linguagem mais suave. A dor é uma das forças da natureza e a natureza não dá a suas criaturas nenhuma possibilidade de que a ignorem quando fala. Com a natureza, não se discute. E então? Então, a dor é um sinal. E? Quando você resiste a ela ou tenta negá-la, o sintoma não cumpre sua função e insiste. Ou seja... Ou seja que continua doendo. Por outro lado, se você presta atenção ao sintoma, ele cumpre sua missão e começa a ceder. Se fosse tão fácil, os analgésicos não seriam necessários. Os analgésicos cortam o vínculo com a dor por um tempo, para que se possa descansar. São uma ajuda. Sobretudo para os homens, que são tão viadinhos para a dor. Está me chamando de viadinho? Todos os homens são um pouco viados diante da dor; se pudessem experimentar um parto, saberiam o que é sofrer. Não vai comparar. O que? Parir com levar um tiro. Não, não vou comparar. Além disso, essa história de me chamar de *viadinho, você está se aproveitando porque estou ferido. Se eu quisesse me aproveitar, me importaria muito pouco seu ferimento.*

Com estas últimas palavras saindo de sua boca, Ramona lhe dá as costas, pega a bandeja do chá e se afasta rumo à casa. Lascano a observa. Seus cabelos negros, lisos dançam ao ritmo de seu caminhar. Se pergunta como se sentiriam deslizando por seu ventre. O desejo brilha no olhar que ela não pode ver mas que adivinhou ainda antes que o próprio Lascano se desse conta. Recorda Eva.

Por fugaz que tenha sido, o encontro com ela o deixara marcado como só uma experiência de amor verdadeiro pode fazê-lo. Antes de Eva, havia sido Marisa, a mulher que amou sem margem a dúvidas e que o abandonou irremediavelmente ao morrer quando mais a amava. A dor durou até encontrar Eva, tão parecida com Marisa que foi como sua continuação. A morte de Marisa lhe roubou qualquer esperança de tornar a encontrar o amor, transformou-o numa espécie de asceta que só podia se excitar com a recordação, com o fantasma. Eva irrompeu em sua vida como um vendaval ou, nas palavras de Ramona, como uma força da natureza. Com seu amor animal, inoculou-lhe o vírus do desejo. A ânsia indiscutível do corpo de uma mulher. Lhe ensinou também que seu organismo está sujeito aos ditames da espécie, que dizem, por vezes com arrebatadora urgência, que isso que está pendurado entre suas pernas deve ser colocado em um exato lugar, que tem uma função a cumprir e que deve cumpri-la. Os homens disfarçamos esse impulso de conquista, o equiparamos à caça da presa, acreditamos estar no comando e, no entanto, estamos obedecendo submissamente o ditame da reprodução. No melhor da incursão de caça é quando, na realidade, somos caçados.

A tarde cai lentamente detrás dos eucaliptos. As folhas tremulam. A primeira estrela da sexta feira faz sua aparição no céu escurecido. Lascano ouve o som da porta de arame entrelaçado ao se abrir, os passos de Ramona sobre o caminho de arenito tatuado de caracóis. A brisa antecipa o perfume dela, cada vez mais forte.

Hora de entrar. Me ajuda? Estou aqui pra isso.

Lascano não precisa mais de ajuda para se erguer. Ambos sabem, mas Ramona se inclina para que lhe passe o braço pelo ombro. Toma-o pela cintura e o ajuda a se levantar. De pé, fecha os olhos para sentir melhor a proximidade dessa mulher. Sua mente compara, inevitavelmente. Onde espera encontrar uma curva, há osso; onde sua mão pressente pelo, há lisura. Seu tato recorda, anseia outro corpo. Essa proximidade tem algo de falsificação. As ressalvas não duram grande coisa, o inesperado abre caminho à curiosidade.

Não estou muito certa de que você precise de ajuda. Não tem ideia do quanto preciso.

Já no dormitório, quando ele se senta na cama, ela fica olhando para ele. Ele não consegue mais continuar com as insinuações. Mas quando vai falar, ela lhe põe um dedo sobre os lábios. Vai até o interruptor e apaga a luz, então se aproxima da janela, abre-a e levanta a persiana. De fora, lhes chega, violento, o aroma do jasmineiro. Ramona se senta a seu lado, Lascano se deixa cair, apoia a cabeça em sua saia e olha para ela. O resto do mundo fica em suspenso. Ela tem o olhar perdido nas folhas do jardim, se nota que também sente saudades de alguém. Talvez ela também sinta agora curiosidade de saber o que existe além dessa atração. Talvez tenha medo, como ele. Então, Lascano faz o que deve, supera o temor, ergue-se, abraça-a, beija-a, toca-a, despe-a, acaricia-a. Gradualmente, ela vai entrando no jogo, nesta dança que bailam com música de alentos, ritmos de sangue, golpes de vista, ventos de metal, suspiros de madeira, foles que ressopram, cordas que se esfregam, que pulsam, que se chocam, marimbas, vibrafones, timbales, que levam-nos, alados, até o final, quando ela, já plena, lhe pede que venha sem mais pois só lhe resta, e anseia, sentir seu sêmen quente e distinto a regá-la num final de sinos tubulares que soam, ressoam, continuam soando... é o telefone que não parou de tocar.

Deixando Lascano sob os efeitos de uma estupenda sessão de sexo sem amor, Ramona se levanta e atravessa nua o quarto, majestosa como a Sétima Frota entrando no Mediterrâneo. Lascano relaxa na cama, sentindo o ar da noite, que vai abrindo caminho em seu corpo quente. O esforço o deixou esgotado e a dor de sua ferida no peito regressa lenta, implacável. No quarto contíguo, escuta a voz, não as palavras, de Ramona. Há nela um timbre de urgência, uma vibração de alarme. Lascano se senta na cama de um só golpe, alerta. Quando Ramona regressa, sua expressão diz que acabou o recreio. A mulher começa a se vestir rápido. Há medo em sua pressa.

Temos que ir embora. O que há? Jorge morreu. Como? O que você ouviu. A versão oficial é que teve um ataque em seu gabinete, mas acham que o mataram. Quem? Não perguntei, e mais, não quero saber. Te ajudo a se vestir. Onde vamos? Não sei, no caminho pensamos em algum lugar seguro. Te disseram que estamos em perigo? Me disseram para evaporarmos.

M

8

O passo de Miranda está marcado pela ansiedade. Uma parte dele quer que tudo acabe, quer saber logo, mas outra parte morre de medo. A notícia da enfermidade de Noelia, a filha de Parafuso, dá voltas em sua cabeça como uma melodia pegajosa. Os olhos de Andrés... O fantasma de Villar o assombra a cada esquina. Essa manchinha rosada que lhe apareceu debaixo do mamilo. Esta manhã, tinha os olhos bastante avermelhados ao se levantar. Pensa que talvez seja assim que se pague por enrabar um cara por um ano, e que a desculpa, o argumento da sobrevivência não é suficiente. Talvez devesse ter aguentado estoicamente com o único recurso da masturbação.

Atravessa a recepção do laboratório. Quando se abrem as portas do elevador, fica cara a cara com um sujeito que tem a morte tatuada nas faces. Os olhos fundos, sem luz, parecem interrogá-lo. Miranda dá um passo atrás ao mesmo tempo e para o mesmo lado que o enfermo. A cena se repete até que, finalmente, se coordenam e cada qual pode seguir seu caminho. Já não lhe cabem dúvidas, esse encontro veio confirmar seus piores temores, está condenado. Então, tudo deixará de ter importância. A morte de Villar, a falta de dinheiro, a doença de Noelia, a Morena e seus supostos amantes. Neste caso, pensa, tudo se resumirá numa questão simples: atrever-se à navalha. Enquanto se aproxima do balcão onde entregam os resultados, pensa em seu próprio velório e a imagem de seu filho junto ao ataúde lhe fecha a garganta. A bela moça vestida de branco despacha com a maior diligência e velocidade as pessoas que formam fila para retirar seus resultados. Quando chega sua vez, Miranda tem a sensação de que seu coração vai explodir. A garota não pode deixar de perceber que o pulso do homem faz tremer o envelope. Olha-o nos olhos e lhe dirige um sorriso esplêndido:

Não se preocupe, senhor, se fosse positivo, o doutor daria o resultado.

Miranda tem um momento de surpresa antes de se sentir o sujeito mais idiota do planeta. Mas o que mais o irrita é que essa fedelha divina o tenha chamado de senhor. A rua o recebe renovado, rasga o envelope: Anticorpos Anti-HIV1/HIV2... Negativo (Método Elisa). Embola o papel e o atira numa lixeira. É uma manhã de sol e a vida canta pelas ruas. Dedica o resto do dia a retomar contatos, saber das novidades, ver o que anda fazendo o pessoal. Quem perdeu, quem morreu, quem se mandou, como vai "a melhor do mundo"[16], o que estão preparando. Informações, informações, mais informações que vai recolhendo pacientemente por telefone, nos cafés onde se reúne o *metier*. Em sua cabeça, vai se formando um panorama, um mapa da situação e das possibilidades futuras. Por um lado, sente uma certa irritação. Durante muito tempo, estivera dando forma à ideia de uma mudança essencial em sua vida. Abrir um negócio lícito, organizar algo tranquilo, sair da atividade e construir finalmente a vida que a Morena está lhe cobrando desde sempre. Se acalmar, se tornar o homem de família que no fundo acredita ser, e que venham os netos. Talvez, no fim das contas, possa, chegada a hora, morrer tranquilamente em sua cama. Isso, com a notícia da grana evaporada na esteira da doença de Noelia, não será mais possível. Não imediatamente. Beco sem saída. Lhe irrita o contratempo, que a menina tenha adoecido e precisar recorrer novamente aos assaltos, mas, à medida que pensa no assunto, a raiva começa a dar passagem a outra sensação. É como uma vertigem que se lhe instala na boca do estômago, que lhe dá uma carga de eletricidade nos músculos, lhe desanuvia o olhar e lhe sacode até o último resto de letargia que a prisão lhe deixou. Este golpe, promete brevemente a si mesmo, será o último. Será o golpe que terminará com todos os golpes. O mundo deixa de ser um lugar onde as pessoas passam e fazem suas coisas, levam a cabo seus pequenos empreendimentos, seus empregos opacos e suas minúsculas ambições. A terra é campo de caça, zona liberada[17] na qual tudo é possível. Transações por todos os lados. Quanto dinheiro há na cidade num dia qualquer? Nos bolsos das pessoas, nas caixas registradoras dos comércios, nos escritórios... nos cofres dos bancos. É preciso apenas que uma ínfima parte do meio circulante vá para seu bolso.

---

16 Alusão à Polícia Federal Argentina (N do T).
17 No jargão portenho, situação em que a polícia se ausenta propositalmente de uma área para que alguém cometa um crime (N do T).

É preciso pensar como. Escolher o objetivo, calcular probabilidades, medir, esperar, verificar acessos e rotas de fuga, selecionar cuidadosamente quem o acompanhará na façanha e o momento mais oportuno para realizá-la. É necessário estudar. É preciso gente corajosa, mas não temerária. Convém evitar os psicopatas e os assassinos, tem que ser gente que goste de viver bem, não os que gozam com o sofrimento alheio. Devem-se evitar as mortes e a violência. Intimidar é uma coisa; matar, outra, bem distinta. Os mortos são caros, concretos, o dinheiro é abstrato, vale o que com ele se possa conseguir, e isso sempre muda. As vítimas têm amigos, parentes, vingadores que as idealizam, que não esquecem. A vida que se perde não regressa, o dinheiro sempre se pode recuperar. O dinheiro se pode devolver, ou se pode, com ele, comprar impunidade. A morte só pode ser vingada, e, se é a lei que exerce a vingança, chamam-na justiça. A única vingança verdadeira é a morte de quem matou. A cadeia pode se tornar interminável. Se Caim não tivesse matado Abel, talvez não existissem, hoje, as guerras. Supondo, é claro, que a estória tenha realmente acontecido.

Observa três coisas que lhe parecem importantes. Uma: que há muitas delegacias que estão sendo reformadas. Há operários, materiais, buracos e contêineres. Outra: muitos bancos também estão sendo reformados. O panorama é similar ao das delegacias. A última, e esta é genial: em poucos dias, em Tóquio, o Independiente joga a final do mundial interclubes com o Liverpool, da Inglaterra. Poucas vezes Miranda sorri. Poucas vezes se dá uma conjunção tão favorável. Sua mente voa catalogando os detalhes que é preciso levar em conta para executar o plano que, em linhas gerais, já está esboçado.

Regressa caminhando ao esconderijo. Ao chegar, já se fez essa hora incerta quando no céu ainda é dia mas, ao nível da rua, já é noite. Escolhe cuidadosamente a roupa que vestirá e vai colocando-a sobre a cama. Terno escuro, camisa branca e uma gravata Liberty de flores que já é meio antiga, mas que continua sendo um belo adereço. Uma cueca boxer e um par de meias. Se barbeia, toma banho, se seca, se perfuma, se deita nu na cama e liga a televisão. Gosta de tomar ar depois do banho. Agora pode fazê-lo, agora começou a desfrutar da liberdade. Na telinha, o novo chefe de Polícia faz declarações. Está falando precisamente do plano de reformas das delegacias que facilitará o atendimento ao público. O jornalista lhe aponta um cartaz escrito numa viatura que reza "Para servir à comunidade", ao que o gambé diz que tem a ver com a nova filosofia que deve impregnar a instituição numa sociedade democrática e participativa. A verdadeira mudança, pensa o Toupeira, está no modo de falar. A linguagem é a de um sujeito instruído. Os tiras de alta hierarquia não falam mais em "prontuário básico", começam a se parecer mais com os políticos que com os policiais. Adormece. Bernardo Neustadt[18] o desperta com seus gestos afeminados. Está desencantado da vida, tem saudades da mão de ferro das Forças Armadas. Desliga a TV. Se levanta e se veste. É hora de prestar um exame e tem a sensação de que domina a matéria.

Das sombras da calçada da frente, observa os alunos da Oficina de Lia que saem à rua e se afastam em grupos de dois ou três com seus cartapácios debaixo do braço. O Toupeira olha o relógio. Passa um pouco das dez. Conta os minutos, atravessa, entra. Do vestíbulo, observa Lia, que não percebeu sua chegada. Fez um corte de cabelo assimétrico que lhe faz cair uma grande mecha tingida de vermelho sobre a metade do rosto. Está em muito boa forma, nenhuma pinta, espinha ou mancha interrompe sua branquíssima pele nem, tampouco, a lembrança do contato com esse corpo. Ninguém diria que essa mulher tão pequena é capaz, na hora do amor, de liberar a energia de uma locomotiva. Miranda sorri satisfeito, sente que seu sexo se pôs inquieto. Ela lhe devota uma lealdade incondicional que se parece muito ao amor, mas que tem também uma boa dose de gratidão, rara virtude que o Toupeira valoriza. Ele a convenceu a sair da prostituição, financiou suas aulas de pintura com um pintor de sobrenome impronunciável a quem chamam o Urso, o atelier e o equipamento que lhe permitiram se transformar no que agora é e que ela define como artista plástica. Miranda acha graça porque para ele, essa garota, de plástico, não tem nada. Os atrativos de Lia vendem mais quadros que sua palheta e ela, sobrevivente, sabe explorar muito bem suas virtudes enquanto abre caminho rumo à fama. Quando Lia começa a tirar o avental, o vê. Há um instante de surpresa, quietude e olhar com o canto dos olhos pelo flanco do gracioso topete. Depois, um sorriso sem reservas, vermelhíssimo também, se abrindo como a cortina de um vaudeville de dentes, língua inquieta e olhar brilhante.

---

18 Jornalista televisivo argentino (1925 – 2008), a outra voz do establishment além de Mariano Grondona (N do T).

Esta sim, é uma surpresa. Oi, Lia. Quanto tempo, como está? Pode ver. Senti saudades. Sim, te vi no noticiário. Ah, me viu? Te vi. Você está bem? Perfeito. E a família? Bem, obrigado. O que anda fazendo da vida? Tem um tempinho? Tenho a noite toda.

Lia lhe sorri, cúmplice, e pega o telefone.

Um segundo, tenho que resolver uma coisa. Oi, Clara, sou eu... Sim... Não, nada... Escute, se Ricardo te ligar, não atenda... Vou dizer a ele que você teve um problema com seu namorado e que vou te ver... Bruxa, como adivinhou?... Você não presta... Isso... Falamos amanhã.

Desliga, disca de novo.

Riky... Tudo bem, bichinho?... Escute, não venha me buscar... Não, nada... É que Clara se desentendeu com Roberto, está inconsolável... Não se importa se deixamos pra amanhã?... Tem certeza?... Ufa, estava com tanta vontade de te ver... Muito triste você não parece... Ligo pra Clara e digo que não posso... Tem certeza?... Bom, está bem... Falamos amanhã... Beijinho grande... Pronto. Tudo certo. Como você o enrolou fácil. Nem tanto, é conveniente pra ele, é casado. Alguma vez você saiu com alguém que não fosse? Não me lembro, era muito nova. Onde vai me levar? Vamos comer? Vamos. O que prefere? Vamos a um lugar que está na moda. Você vai gostar.

A toda velocidade, pega um casaquinho de couro, sua carteira e apaga as luzes. Com um gesto, indica a Miranda que saia. Sai atrás dele, fecha a porta a chave, toma-o pelo braço e o faz caminhar rapidamente até a esquina. Dobram até a ruela. Se aproximam de uma casa lacrada. Sob uma enorme árvore da borracha, Lia se vira e estampa um beijo na boca de Miranda, que retribui abraçando-a pela cintura e apertando-a contra seu corpo. Lia se desvencilha, olha rua abaixo e levanta um braço com toda a graça de que é capaz.

O taxista é jovem, mas a cidade já lhe envenenou o espírito. Lia está sentada muito perto de Miranda, apoiando decididamente a coxa contra a dele. O aroma, o contato, o som da voz de Lia despertam cada uma das células do corpo do Toupeira, que se sente feliz e cheio de energia, desfrutando por antecipação do corpo dessa mulherzinha que ele vai habitar esta mesma noite, um pouco tontos pelo vinho do jantar, enquanto ela o beija com a língua em brasa. O chofer escuta uma música de discoteca a todo volume. Lia acompanha o ritmo com pequenos golpes de seus dedos contra a mão de Miranda. Vão em silêncio. Há, no condutor, um prazer neurótico da velocidade e da incrível perícia com que vai fazendo fintas entre o trânsito e os pedestres. Dirige com picardia, ultrapassando outros carros pela avenida Corrientes, que, neste dia e nesta hora, está pouco povoada. Ganha a ponta e desce toda a avenida num só impulso, aproveitando a sincronização dos semáforos, tratando de impedir que outros condutores ocupem os lugares livres que restam nas esquinas, entre os carros que esperam o sinal abrir. Ao mesmo tempo, toma o cuidado de verificar que não ocorra a nenhum distraído cruzar a avenida por alguma das transversais e vai piscando os faróis para anunciar sua passagem. Em poucos minutos, cruzaram a cidade de Colegiales até as imediações da Praça San Martín, onde Lia o pega pela mão e o faz entrar no Morizono, um restaurante japonês onde a namorada de Mandrake prepara uns deliciosos bombonzinhos de peixe cru e arroz. A vida termina de espreguiçar. A prisão parece ter ficado a mil anos de distância.

9

Da autopista, Valli divisa o cartaz, pega a primeira saída, atravessa e retorna até a churrascaria O 2 de Ouros. Os últimos clientes estão terminando de se empanturrar de miúdos e vinho barato. Horacio está revolvendo as brasas, dispensando-as para que o calor uniforme termine de assar, sem queimá-los, uns pedaços grandes de fraldinha. Valli atravessa a moldura de madeira envolta em polietileno que faz as vezes de porta. O Gordo Horacio deixou uma parte da churrasqueira sem acender. Ali, vai empilhando as linguiças seladas que requentará para os comensais da noite. Valli se aproxima do balcão e se senta num dos bancos.

E aí, cara, quanto tempo? Vim te visitar. Quer rangar? Obrigado, já almocei. Tenho uns pimentõezinhos com alho que são de dar água na boca. Outro dia, tenho um serviço pra você.

Horacio confere se ninguém os está escutando.

Fiquei sabendo que Turchelli empacotou. Teve um ataque do coração. Logo quando o promoveram. Que azar, acontece. Quem vai pro lugar dele? Filander. Poderão me reintegrar? Não sei, vamos ver. O que tem pra mim? Um presunto, coisa séria. Quem é? Um que foi comissa. Quem? Lascano. O Cachorro? Ele mesmo. Mas não estava morto? Estava nada. Teve um tiroteio com uns caras do exército, mas se safou. Não brinca, deve ter ficado bem guardado. Quem o protege? Protegia. Quem? O que teve um ataque do coração. Não me diga mais nada, onde o encontro? Estamos rastreando. Te interessa o trampo? Não há problema, o que eu ganho? O de sempre, talvez a reintegração, se tudo der certo. Tudo vai dar certo. Olha que o Cachorro não é nenhum desavisado. Não se preocupe. Se preocupe você. Tem que dar tudo certo. Se você falhar ou te agarrarem, vai ficar mais sozinho que Adão no dia das mães. Algum dia eu falhei? Eu sei lá. Me consegue uma arma? Consiga você. Está bem, me deixa quanto? Cinco paus, está bom pra você? Está bem. Assim que souber, te aviso por onde ele anda. Feito.

No dia seguinte, Horacio estaciona seu carro atrás da Estação Retiro[19]. No bairro, seu Valiant II[20] é conhecido como "A Onça" porque sob a tinta amarela com que lhe ocorreu pintá-lo, apareceu um sem número de manchas circulares negras, que era a cor que tinha antes que o roubassem. Horacio coloca a tranca no volante e caminha até a Vila 31[21]. Entra por um corredor e anda uns duzentos metros até a casa do Caolho Giardina.

Em 65, os gorilas[22] haviam organizado uma manifestação para repudiar a presença de Isabelita Perón nada menos que no Hotel Alvear Palace, em pleno Bairro Norte. Por umas moedas, Giardina se inscreveu para fazer número nessa marcha de grã-finos e mauricinhos que os rapagões da Guarda de Infantaria reprimiram com cassetetes e bombas de gás lacrimogêneo atiradas nas cabeças dos manifestantes. Uma delas lhe vazou um olho.

Horacio para diante de um casebre, junto à cortina de arabescos. De dentro, chegam-lhe as vozes de dois homens. Bate palmas. As vozes se calam. Em seguida, aparece o Caolho e o convida a entrar. À mesa de madeira, está sentado um sujeito cinzento diante de um Tetra Brik de vinho tinto e um prato com salame e queijo cortados em cubos.

Sonia! Traga um copo para o amigo aqui.

Da peça contígua, arrastando os pés, surge uma mulher de idade indefinida. Lhe faltam os dois incisivos e o resto de seus dentes está lascado e amarelo. Olha o Gordo de cima a baixo e joga um copo sobre a mesa.

Este é meu compadre José. Como vai? Vamos indo. Quanto tempo, Gordo. É verdade.

O Caolho olha para o compadre e lhe dirige um sorriso forçado. Serve vinho para Horacio e volta a olhar e sorrir para José.

---

19 Estação central de trens de Buenos Aires (N do T).
20 Automóvel fabricado pela Chrysler argentina em 1963-64 (N do T).
21 Principal favela da cidade de Buenos Aires (N do T).
22 No jargão político argentino, termo que designa os antiperonistas de todos os matizes ideológicos, embora possa ser usado também para se referir apenas à direita troglodita (N do T).

Podemos conversar? O compadre aqui já estava de saída. Não há pressa. Não te disse que ele estava de saída? Tudo bem, não é verdade que já estava indo embora? Sim, já ficou tarde.

As formalidades da despedida são poucas e curtas. Logo que o homem atravessa a cortina, passam um minuto em silêncio, se olhando. Depois, o Caolho se levanta, vai até a porta, puxa a cortina, olha para ambos os lados e regressa. Liga o rádio e aumenta o volume de uma cumbia[23] desafinada.

Quanto tempo sem te ver. Te reintegraram? Ainda não. O que anda fazendo? Abri uma churrascaria, venha um dia desses. Onde fica? Atrás do Acesso Oeste, logo antes da saída para Morón. Se chama O 2 de Ouros, como você vem da capital, na outra pista. Por que a batizou assim? Porque a instalei com a grana que recebi por apagar um bonitão de um cabaré que tinha uns olhos assim de tão grandes. Quando viu que ia virar presunto, esses olhões pareciam o 2 de ouros.

A formidável risada do Caolho termina num rosário de tosses que lhe avermelham o olho e que sufoca batendo no próprio peito.

Olha que você está alterado. Do que está precisando? Um vinte e dois cano longo. Chegou na hora, tenho uma belezinha. O que você tem? É cara, hein? Vamos ver. Aguenta aí um pouquinho.

O Caolho se levanta, diz à mulher que venha fazer companhia ao Gordo e sai. Ela se senta, acende um cigarro e fica olhando enquanto brinca com uma caixa de fósforos Tres Patitos. Horacio não sabe ao certo se já a viu antes ou se ela lhe lembra alguém, mas está claro que é a ruína de uma mulher que foi bela. Ainda lhe restam alguns gestos de mulher bonita que seu aspecto se empenha em contradizer. Dez minutos mais tarde, Giardina regressa com a arma envolta numa flanela. Ela, obedecendo uma ordem pré-estabelecida, se levanta e sai de imediato. O Caolho coloca o embrulho sobre a mesa e com um sinal convida-o a desenrolá-lo enquanto acende um cigarro. Horacio desenrola a flanela lentamente. Não havia mentido, aí está uma Ruger Mark II .22 ele erre semiautomática de aço inoxidável. Há poucas armas tão bem feitas como esta. Vai lhe custar uma fortuna, mas vale a pena. Leve, confiável, nunca se ouviu que uma destas

---

23 Ritmo popular com variantes em diversos países hispano-americanos, inclusive a Argentina (N do T).

tivesse engasgado. Tem uma característica que a torna a rainha do tiro a curta distância. O mecanismo de disparo está montado sobre um sistema de molas na parte posterior da câmara que compensa a carga e evita que a arma se mova pelo efeito da detonação. O cano longo e raiado reduz consideravelmente o estampido desta pistola notavelmente silenciosa. Para errar com esta, é preciso ser muito ruim de mira.

Parece que te apareceu um servicinho bom. Bem isso. Quanto? Não quer testá-la? Não precisa, quanto? Três mil com cem balas rápidas de ponta oca. Tenho dois mil. Então não pode comprá-la. Não enche, por quanto você pode me fazer. Gordo, esta você não consegue assim de uma hora pra outra, mais dia, menos dia, é certo que eu vendo. Quanto? Nem um peso a menos que dois e oitocentos. Está bem, mas com uma condição. Qual? Dentro desse preço, você dirige o carro de fuga para mim. Bem, quem é o alvo? Um comissa. Eu o conheço? Au, au. Naaaa, o Cachorro? Sim. Então, são três mil.

A poucas quadras dali, na rua Viamonte, onde ela cruza a avenida Leandro Alem, numa das mesas do fundo do El Navegante, Miranda espera Franja e Chulo. Pede um Gancia[24] e umas azeitonas. Os vê entrar, Chulo está mais gordo e Franja mais nervoso do que nunca. Sentam-se à mesa. Quem os vir pensará que se trata de três amigos do escritório que resolveram sair para jantar juntos. Pedem lombo de porco com batatas fritas à provençal, vinho tinto e água com gás. Chulo come pra valer, Franja não para de falar. Miranda observa: os pés de galinha, os óculos para ler, a hesitação, o pulso inseguro, a surdez incipiente, as manchas na pele e um gestual como de soberba resignação. Franja agora fala ciciando porque sua língua também tem que evitar que os dentes postiços lhe saltem da boca. Chulo perdeu grande parte da precisão em seus movimentos, parece pesado e como que desanimado. O trabalho de morte que o tempo fez nos rostos de seus amigos não é senão o reflexo do mesmo que fez no seu. Olha a imagem dos três no espelho que está na parede de trás e diz para si, como de fora, mas se incluindo: *é com estes refugos que vou assaltar um banco?* A cena não lhe inspira muita segurança, não tem sequer muita fé em si próprio. Poderia procurar uns meninos mais jovens, mas não lhe agradam os bandidos jovens. Os fedelhos estão muito

---

24   Vermute de origem italiana, bastante popular na Argentina (N do T).

loucos, cheiram muito pó, querem tudo para já, estão alterados e sedentos, qualquer coisa os deixa violentos e ainda por cima te traem, te passam a perna sem nenhum escrúpulo. Prefere ladrões à moda antiga, caras com moral, que não vão te entregar ou meter bala por dez pesos. Gente com experiência, que já esteve em cana e sabe que é melhor ficar do lado de fora. Como estes dois. Alguma coisa sempre pode dar errado e uma condenação por assalto é mais leve que por homicídio. O plano que tem é bom, tão bom que vai se entusiasmando à medida que o conta e seus sequazes se entusiasmam ouvindo-o. Essa inspiração divina vai cobrindo de ouro todos os pesares que, um minuto antes, deslizavam sobre a cena lamentável.

O negócio é o seguinte: o banco e a delegacia mais próxima estão sendo remodelados. Os operários vão almoçar por volta da uma e retornam às duas. Quinze minutos antes, chegamos os três disfarçados de operários, já sei o lugar onde se conseguem os uniformes da empresa que está fazendo os reparos. Você pendura um cartazinho na porta que diz "Fechado para reforma" e fica lá. Bom é que a maior parte das vitrines estão tapadas pela obra. Você segura o guarda enquanto eu pego a grana. À uma e meia, nenhuma das viaturas da seccional costuma estar na rua. Muito menos quarta, quando se joga a semifinal com a Itália. Enquanto isso, outro homem vai bloquear a garagem da delegacia com um caminhão dizendo que tem que entregar materiais para a obra. Enquanto o gambé da porta confere, o motorista some. Vamos fazer um serviço no caminhão para que o freio de mão fique travado. Isso vai nos dar uns minutos extras. Na porta, estará o carro de fuga. Debaixo dos macacões de operários, vamos de terno e gravata. Deixamos os uniformes no carro de fuga. O motorista nos deixa em três lugares diferentes. Aí nos dispersamos e nos reencontramos num lugar que já escolhi, três dias depois.

A conversa técnica se estende até a meia noite. Acertam detalhes, sopesam os prós e contras. Estabelecem que o Toupeira cuidará da grana e da forma como se fará a divisão. O mais complicado é a escolha dos homens de apoio. Entre eles, há confiança e respeito, mas escolher outro dois não é coisa fácil. Um está em cana, outro doente, outro aposentado, naquele não confiam, outro está louco. Cogitam nomes e decidem por Grilo para dirigir o carro de fuga e para conseguir os outros. Valentín, um garoto que estuda teatro, para o caminhão. O Toupeira se encarregará de contatá-los.

Valentín vai fazer um pedido no galpão de materiais. Um pouco antes do caminhão sair, aparecerá pedindo que acrescentem mais uma ou duas miudezas ao pedido e subirá no caminhão com o chofer. O destino é uma casa abandonada que tem uma entrada para carros que vai até o fundo. Uma vez ali, o domina e o deixa amarrado numa choça que fica atrás. Depois, vai com o caminhão à delegacia encenar o teatro dos materiais.

O Toupeira reparte algum dinheiro para que ninguém se meta em confusão até o dia do assalto. Na porta do restaurante, Franja pega o primeiro táxi que passa.

Para onde vão, rapazes? Eu fico no centro. Eu vou para Haedo. Te acompanho. Não, não, fique tranquilo, vou caminhar um pouco.

Chulo caminha até a Leandro Alem e dobra na direção de La Boca, rumo à casa do envenenador, desejando que tenha pó do bom, não a porcaria que lhe vendeu da última vez e que agora terá que compensar. Miranda embica para o lado de Retiro. Vai fazer contato para comprar as armas. Entra na 31. Quando está a poucos metros de seu destino, vê que alguém sai do casebre a que se dirige. Velozmente, entra numa ruela e, das sombras, vê sair Horacio. Percebe imediatamente que é policial. De seu esconderijo, o vê passar e se afastar assoviando. Se aproxima da casa e aplaude frente à cortina. Quando o Caolho aparece e o saúda, o bafo de vinho barato que lhe sai da boca é uma porrada.

Como vai, Toupeira? Vamos indo, e você? Bem, o que te traz aqui? Estou procurando um material, mas parece que você não anda em boas companhias. Por que diz isso? Por causa do que acaba de sair. O que tem ele? Como o que tem ele, cara?, se dá pra ver a marca do quepe. Não está mais na cana. Ah, não? Te garanto que não. E o que queria. Temos um serviço. Ah, sim. Você vai gostar. Por que? O alvo é o que te encanou da última vez. Não brinca. E isso, quando vai ser? Não sei, em breve. Do que está precisando? Berros. Vamos ver, me conte os detalhes...

10

Passaram dois dias desde que Ramona o deixou numa pensão do bairro de Chacarita com alguns poucos australes[25], uma caixa de analgésicos e algumas recomendações. Disse que ligaria ou viria, mas não voltou a ter notícias dela, nem teria como localizá-la. Esta manhã, o dono veio lhe perguntar se ia ficar, pois havia outro interessado no quarto. Também lhe disse que tinha que pagar adiantado.

Conta o dinheiro que lhe resta. Precisa fazer alguma coisa e precisa fazer logo. Engole três analgésicos, se veste e sai sem uma ideia clara de aonde ir nem do que fazer. Caminha, vai pelas ruas tentando reconhecer esta Buenos Aires que brilha com plástico fulgor. O Plano Austral é, no fundo, a mesma coisa: uma repetição da era da grana doce[26]. Libertos do terror de Estado, os consumidores estão em festa, as autoridades rasgam as vestes falando em democracia e a maioria diz que nunca soube das atrocidades cometidas pelos militares. O dólar vale menos que o austral e as pessoas têm pressa em adquirir os últimos brinquedos importados que restam. As lojas só conseguem parecer uma imitação ruim das congêneres norte-americanas baratas. Uma frenética compulsão à compra é estimulada pela certeza inconsciente do quão volátil é essa prosperidade. No entanto, pelas rachaduras dessa decoração complacente, já estão aparecendo, em meio à festa, as faces da fome e da miséria que ninguém parece querer contemplar. Os capitães das empresas financeiras, enquanto acumulam juros, roem sem descanso as pernas da poltrona de Rivadavia[27], onde, montado sobre sua imagem de campeão da democracia, Alfonsín dorme.

---

25 Moeda argentina de 1985 a 1991 (N do T).
26 *Plata dulce,* expressão que designa a renda financeira exponencialmente ampliada durante a ditadura de 1976-83 (N do T).
27 Maneira como os argentinos se referem à cadeira presidencial, por ter sido Bernardino Rivadavia seu primeiro ocupante (N do T).

Vai em direção ao centro. Pensa em passar perto do Departamento, ainda tem um amigo na Sessão Prontuários, mas pensa que pode ser perigoso se aproximar. Se os Apóstolos mataram Jorge, ele mesmo pode estar na mira. O susto de Ramona quando soube e a maneira como se desvencilhou dele só podiam significar que estava marcado. Não lhe disse claramente, mas estava implícito, talvez fosse paranoia, mas entrar no Departamento pela porta principal não lhe parece a melhor maneira de averiguar isso.

Caminha até pouco depois da uma. Se senta num banco da Praça Lavalle. O efeito dos analgésicos começa a se dissipar e a ferida do peito a doer, menos, no entanto, que no dia anterior *e mais que amanhã*, pensa Lascano, num surpreendente surto de otimismo.

Foi a poucas quadras dali o tiroteio, o dia em que viu Eva pela última vez. Num banco próximo, ele havia contratado uma caixa-forte na qual havia depositado vinte mil dólares. Eva havia encontrado por acaso esse dinheiro na casa onde havia se escondido dos milicos que a procuravam. Quando estourou o vespeiro com Giribaldi e seu grupo de tarefas, foram juntos buscar o dinheiro para escapar, mas os gorilas de Giribaldi o alcançaram na porta do banco e foi ali que ele perdeu. A última cena que viu foi Eva escapando do lugar. *Teria chegado a sacar o dinheiro? Talvez sim, talvez não. Numa dessas, o tiroteio não lhe deu tempo e teve que escapar sem a grana.* Pensa que é uma ideia desesperada que a necessidade dita, mas tampouco lhe ocorre outra coisa. No banco, trabalhava um tal Fermín, que ele conhece. Decide ir até lá, está há só um par de quadras. Ao chegar, verifica que há um banco no local. Mas a lembrança é distinta, aquele era de uma severidade soviética e tinha outro nome. Entra, de qualquer modo. Os caixas estão no fundo, quase ao alcance da mão, os gabinetes desapareceram, dando lugar a escrivaninhas separadas por divisórias acolchoadas, as moças que atendem são muito jovens e estão vestidas com um uniforme de saia e paletó que arremeda os ternos dos homens de negócios, porém com um toque de erotismo *light*. Antes, os bancos se pareciam às prisões, agora são uma mistura de puteiro com boutique. Por todos os lados, há cartazes que mostram homens e mulheres jovens, sorridentes e prósperos oferecendo "pacotes" de nomes ressonantes que incluem: contas, cartões de crédito, *empréstimos para a vida que você merece*. Tudo cuidadosamente idealizado para "embrulhar" o cliente. É tão óbvia a cilada que até o sujeito que desenhou o cartaz teria que ir preso. Atrás, há um único gabinete com paredes de vidro. Um pequeno cartaz anuncia "F. Aguilar – Gerente". Lascano baixa o olhar e encontra a cara de Fermín, que olha para ele como se estivesse vendo o fantasma de Rocambole.

Lascano? Como vai, Fermín?, estou vendo que te promoveram. Venha, entre, entre. Não posso acreditar, te vi morto aqui na porta. Bem, tão morto eu não estava. Não posso acreditar. Comece a acreditar.

Fermín leva um bom tempo para sair de seu assombro. Lascano inventa uma história adequada a seu paladar. Fermín se alegra sinceramente por Lascano haver sobrevivido, apesar de ter sido ele quem o deteve por um roubo que cometeu ainda muito jovem. O Cachorro o resgatou meio morto de medo no momento em que estavam para lhe dar choques.

Veja, Fermín, o que me traz aqui é uma ideia maluca. Eu não sei se você lembra de que abri uma caixa-forte aqui. Me recordo perfeitamente. O que aconteceu com ela, ainda existe? Não, o banco mudou de donos, aqui entre nós, só mudou o nome e a decoração. Depois, quando fizeram as reformas que o transformaram nisto que você está vendo agora, os titulares dos cofres inativos foram notificados para vir ao banco regularizar a situação num prazo determinado. As que não foram postas em dia foram abertas na presença de um tabelião. Eu mesmo me encarreguei disso. Havia três ou quatro cofres nessas condições, um era o seu. Todos estavam vazios. Compreendo.

O Cachorro baixa os olhos, o pequeníssimo alento de esperança se desvanece sem remédio, tal como havia pensado. Fermín percebe.

Está com problemas?

Com pedaços da verdadeira história, articulados de maneira a afastar qualquer ideia de que ajudá-lo possa significar algum perigo, Lascano inventa uma história de disputas políticas dentro da Corporação que, somadas à questão de suas feridas, o haviam deixado no olho da rua. Diz que tem a esperança de poder recuperar o dinheiro que havia depositado naquela caixa-forte que não existe mais e que, evidentemente, uma sócia infiel lhe havia surrupiado. Quando Lascano diz "sócia", Fermín entende "amante" e não pergunta pela quantia nem pela procedência do dinheiro. Ninguém pensaria que um comissário vá ter uma caixa-forte para depositar seu salário e, nos tempos que correm, não se usa que um bancário se preocupe com a origem dos depósitos. O que pensa em fazer? *Tenho umas reuniões para ver se consigo trabalho. Isso não está nada fácil. Hoje, se você tem mais de trinta e cinco anos, é um velho.*

Conversam até que a atenção de Fermín tem que se dirigir a um cliente importante da agência. Combinam de se encontrar fora do trabalho, Fermín lhe diz que verá se pode fazer algo por ele.

Fermín pensou exatamente o que Lascano queria; no entanto, a visita não se desdobrou em nenhum resultado concreto. Precisa refletir e, caminhando, o faz melhor. O mundo ficou pequeno mais uma vez. Desta, se reduziu a quase nada. Com a morte de Jorge, tenham-na provocado os Apóstolos ou tenha caído do céu, ganharam a batalha contra os Inquilinos. É mais que provável que ele próprio esteja em perigo. De súbito, invadem-no os mesmos sentimentos que tinha na época em que governavam os militares: a sensação confusa, difusa e constante de correr o perigo de ser aprisionado, torturado e morto a qualquer momento. Não sabe se seu amigo Fuseli e Eva, sua amante fugaz, estão no exílio ou se os milicos fizeram-nos desaparecer. Acredita, quer, espera que tenham conseguido escapar. Então, ao contornar a Corrientes, aparece: vem atravessando a rua obliquamente em sua direção. Mal se pode ver-lhe o perfil quando passa a seu lado. É ela? Envolve-o o torvelinho produzido pelo ar que desloca ao caminhar. Sente que desliza na esteira de feromônios espumosos que vai deixando ao passar. Seu andar de gata imprime velocidade a seu percurso, como o ciclista que se põe atrás do caminhão para se beneficiar do vazio produzido pela massa em movimento. De súbito, ela acelera num trote curto que a aproxima do ônibus que se deteve em seu ponto e o aborda. Chama-a por seu nome, se vira sobre os degraus, é, não é? Lascano vê partir nessa mulher anônima a mulher de sua vida ou o amor perdido. Recorda o féretro que continha o corpo de Marisa navegando pelas passarelas do cemitério de La Tablada[28], as últimas palavras de Fuseli ao telefone, a cena vista do chão: Eva fugindo do tiroteio. A Eva concreta que o amou numa noite de tormenta.

---

28 Cemitério judeu da cidade de Buenos Aires, situado no bairro homônimo (N do T).

Quando ele acreditava já não ter mais nada a perder, surgiram ela e toda essa história que o conduziu a este instante no qual realmente não tem nada nem ninguém. Lascano engole com raiva dois analgésicos a seco e, ao mordê-los, ressoam em sua cabeça como ovos esmagados.

11

Desde que despertou, está dando voltas pela casa sem rumo, como que desorientado, como se não conseguisse ordenar seus atos, e, no fim, é o relógio que lhe dita a ordem na qual deve proceder. Tem que se vestir rápido. Detesta estar apressado. Na noite anterior, Vanina lhe havia sugerido tomar café da manhã juntos. Para ela, sempre "precisamos conversar". Sempre dá-lhe que dá-lhe com a relação, com o vínculo. Marcelo acha que tantos anos de psicanálise acabaram por lhe envenenar a linguagem, e que haja "precisamos conversar" com tanta frequência, não lhe parece lá muito saudável; para ela, em compensação, é a coisa mais normal do mundo.

Com a pasta encaixada entre as pernas, termina de ajeitar a gravata no elevador. A rua o recebe com um engarrafamento brutal executando uma trovejante ópera de buzinas e insultos. *Portenhos ao volante: uma praga.* Olha o relógio, calcula que vai chegar não menos que dez ou quinze minutos atrasado. Sabe que Vanina esperará por ele, mas só para manifestar-lhe toda sua irritação; odeia sua impontualidade, algo que ela nunca se permite e acha que a autoriza a abusar de ter razão. Ainda por cima, quer chegar cedo à promotoria, tem um montão de coisas a fazer, mas, como não as anotou, teme esquecê-las. Na noite anterior, no caminho de volta da casa de sua mãe, se sentiu iluminado acerca do caso Biterman. Como uma revelação, haviam aparecido diante dele todos e cada um dos passos que devia dar e também a ordem em que deveria dá-los, tão importante como as próprias ações. Disse a si mesmo que ia anotá-los em seu caderninho cinza no caminho ao encontro de Vanina, mas o engarrafamento é tal que decide ir a pé. Ainda por cima, sabe que Vanina vem com uma exigência, com um montão de perguntas sobre a intimidade que compartilham e *o que você está pensando em fazer* e que começará a complicar o assunto até que não se entenda mais nada. Quando chega à 9 de Julho, o semáforo muda, deixando-o encalhado na calçada. A avenida ruge como um tsunami de lata. Vigia o homenzinho do sinal, que começa a piscar. A não ser correndo, não se atravessa de uma só vez a avenida mais larga do mundo. Assim, Marcelo atravessa-a correndo e continua correndo até a esquina da Corrientes com a Uruguay, onde Vanina o estará esperando com uma pedra em cada mão. Seu passado recente de rugbier lhe proporciona o treinamento necessário para fazer essas quadras a mil, esquivando a fauna tribunalícia do horário, muitos deles também apressados antes das "duas primeiras"[29]. Meia quadra antes de chegar à El Foro[30], detém o passo e percorre o caminho restante a passo tranquilo, respirando ritmadamente a fim de recobrar o fôlego. Tenta localizar Vanina através das vidraças, mas não a vê. Entra, procura-a com o olhar pelas mesas nas quais abundam os cafés, os *croissants*, os cigarros, os jornais e os papeis jurídicos. Ela não está. Haviam combinado ali ou no Ouro Preto? Não, era aqui, tem certeza. Uma jovem advogada, vestida com um terninho azul de listras brancas, muito justo, se levanta, suscitando uma onda de olhares cobiçosos. Passa a seu lado, seus peitos pressionam a junção de sua camisa branca, tensionando as casas dos botões e produzindo uma dobra pelo qual se entrevê o primoroso encaixe de seu sutiã. Deixa atrás de si um halo de perfume doce que qualquer um lhe perdoaria em homenagem à avassaladora habilidade de seus quadris para deslizar entre as mesas. Marcelo se senta na cadeira que ela acaba de deixar. Sente na bunda o calor com que o corpo dessa mulher fantástica contagiou o assento.

Pede um cortado e saca seu caderninho cinza. Dá graças a deus que tenha ficado tarde para Vanina. Isso lhe dá a oportunidade de fazer as anotações que quer e o livra, pelo menos, das recriminações por sua notória impontualidade.

Vinte minutos mais tarde, entra em seu gabinete. Pega o telefone e liga para a casa de Vanina. Ocupado. Tira o paletó, dependura-o, abre a pasta, pega o envelope do caso Biterman, o caderno cinza e o livro de Kelsen e os coloca sobre a escrivaninha, se senta, liga novamente

---

29 Na Argentina, os prazos processuais se prorrogam até o fim da segunda hora de expediente forense do dia seguinte (N do T).
30 Livraria situada na zona dos tribunais, em Buenos Aires (N do T).

para Vanina. Continua ocupado. Abre o caderno, pega o telefone, disca com a ponta de borracha de um lápis Pelikan amarelo e preto.

Subcomissário Sansone?... Doutor Pereyra... Muito bem, e você?... Tem alguma coisa para mim?... Quando foi isso?... Tem certeza?... Como se chama a moça?... Quem disse?... Por onde anda?... Se o chamamos como testemunha, vem?... Entendo... Não me diga... Onde encontro esse médico?... Ele lhe disse que o havia entregue... Como assim ele mesmo pediu?... No Martínez?... Mas a garota já estava grávida quando a sequestraram... Conseguem ser tão filhos da puta?... Não, claro, já sei... Temos um endereço?... Espere um momento... Isso... Sim... Sim... Está bem. Mais uma coisa... Conhece o comissário Lascano?... Sim... Sério?... Mas se safou... Onde posso encontrá-lo?... Entendo... Se encontrá-lo, diga a ele para me ligar. Quero falar com ele sobre o caso Biterman... Obrigado... Qualquer coisa, te ligo...

Marcelo fica olhando o endereço e o nome que acaba de anotar em seu caderninho cinza. É o mesmo onde foi levar o envelope para Giribaldi. Não crê que possa provar toda a cadeia de mortes que o militar produziu para abafar o rolo, mas pensa em utilizar a informação para pressioná-lo e arrancar-lhe informações sobre o paradeiro de várias crianças apropriadas durante a ditadura. Há três peças que podem fechar com chave de ouro toda a questão. Uma: recuperar a arma que o assassino de Biterman havia empenhado no Banco Municipal. Tem todos os dados no envelope. Duas: entrevistar-se com a testemunha que esteve clandestinamente detida no Martínez. Três: encontrar Lascano.

Se deixa cair contra o encosto de sua cadeira, coloca a ponta do lápis entre os dentes. Se sente feliz porque suas investigações tomaram um rumo, mas essa sensação cede rapidamente lugar a outra: a repugnância que lhe desperta sentir-se contente por desvendar casos que são um verdadeiro nojo. Então, se lembra de Vanina, pega o fone e disca o número das casa de seus pais.

12

Miranda veio esta manhã até o bairro de casas baratas de Villa del Parque disfarçado de operário da construção. Recostado contra o paredão do galpão de materiais, vigia a casa onde vivem sua mulher e seu filho. Está sentado na calçada com as pernas cruzadas e o capacete amarelo enterrado até os olhos. O primeiro a sair é Fernando, seu filho. Vai para a faculdade. O Toupeira se aflige e se alegra ao ver quanto cresceu esse rapaz que, até ontem, não era mais que um garoto. Por algum motivo que não chega a discernir, está adiando seu encontro com ele. Fernando saca um walk-man e o liga. Olha para a telinha por uns instantes e logo o guarda numa pequena cartucheira que leva afivelada ao cinto. Miranda pensa que, nessa idade, o que ele levava na cintura era um berro. Espera. Até agora, não houve nenhum sinal de outro homem no pedaço. Nem de dia, nem de noite, quando Fernando sai e ela fica sozinha. No quarto do primeiro andar, por volta das dez, se acende a luz azul da TV, em menos de uma hora já está apagada e não acontece mais nada por toda a noite. A Morena sai muito pouco, somente para fazer compras. Às vezes, pela tarde, recebe a visita de Pelusa, a vizinha que vive no Corredor El Lazo, e ficam tomando chimarrão na cozinha.

Susana sai, caminha até a rua Jonte. Miranda se levanta e segue-a. Olha-a de trás, com seu vestido floreado. Sabe bem o que há por baixo dessa inocente roupa de dona de casa. Passou todo o tempo que esteve guardado recordando esse corpo, agora tão próximo. Planeja aparecer amanhã e ver o que acontece. Não há outro macho, tem certeza. Faz escalas no armazém e na quitanda. Quando entra no açougue, Miranda continua caminhando até o ponto de ônibus. O reflexo do sol na vitrine d'*A Vaca Aurora*[31] não lhe permite ver o que acontece do lado de dentro, mas, dali, consegue vigiar bem a porta.

---

31 Alusão à personagem central de uma popular história em quadrinhos argentina (N do T).

Quanto entra, Pepe ergue o olhar e sorri para ela. Ela baixa o seu e espera que ele termine de despachar a vizinha. Desde que enviuvou, olha para ela de modo diferente. Sempre lhe dá a sensação de que está a ponto de lhe dizer alguma coisa, mas não toma coragem. Se conhecem há muitos anos, sabe quem é o marido dela e talvez isso o assuste. Antes da morte de sua mulher, era mais atrevido, cantava todas e lhes dirigia olhares maliciosos. Agora, parece mais contido, deve se sentir em perigo. Através do vidro curvo da geladeira-mostruário, Susana olha-o trabalhar. Crava a bola de filé na tábua de madeira com essa faquinha que já é quase puro cabo. Com movimentos velozes e orgulhosos, encaixa na bainha a faca nova. Apoia a mão reta contra a carne e vai cortando os bifes com precisão de profissional, todos parelhos, todos da mesma largura, e vão caindo graciosamente numa pilha organizada que arremeda o formato original do corte. *Um quilo, não é?* Pergunta só por perguntar, só para que o olhe, só para que seus olhos se encontrem. Ela lhe dirige um olhar fugaz e assente com a cabeça. Tomará algum dia coragem para lhe dizer algo, para fazer-lhe um convite? Ele acha que ela não aceitará, mas continua a convidá-la com os olhos. Prossegue nesse convite quando a balança marca um quilo, duzentos e cinquenta gramas e lhe cobra só um quilo. E isso a lisonjeia, a faz sentir-se linda, desejada, ela gosta. E sai com sua saia a balançar um pouquinho mais que o normal, com os olhos do açougueiro grudados nela.

À noite, bem vestido e arrumado, Miranda chega em casa e espera tranquilamente até que a porta se abra e Fernando saia. A Morena se despede dele no umbral, de onde fica a olhá-lo até que desaparece na esquina. Então, o Toupeira atravessa e toca a campainha.

Pensei que você não viria mais. Mas vim. Deu um tempo. Tinha umas coisas pra resolver. Andou me vigiando? Um pouquinho, vai me convidar pra entrar ou prefere trazer umas cadeiras pra calçada? Entre. Fernandinho cresceu. Sim, e nós também. O tempo passa para todos. O que está pensando em fazer? Tenho que resolver umas coisas...

Ambos pensam que existem coisas que, por mais rodeios que se façam, não têm jeito.

...Olhe, eu não quero mais saber de nada, isto tem que acabar. Mas eu nem te disse nada. Quando você diz que tem que resolver umas coisas, já sei que logo vou te ver nos jornais. Estou cansada de tudo

isso, Nego, de viver com o coração na boca. Desta vez é diferente. Não me venha com essa, sempre é diferente e sempre é igual. Não, Negrinha, juro, desta vez vai ser diferente. Vou abrir um negócio, vamos viver bem, sem confusões, sem polícia. Um negócio... que negócio você vai abrir? Você nunca trabalhou no comércio. Vou montar uma sociedade com um cara... não me olhe assim, não tem nada a ver com o submundo, é um judeu comerciante que importa eletrodomésticos. Vamos abrir uma loja no centro a todo vapor. Acredite. Vai ficar? Não sei, estou convidado? Está com fome? Um pouco. Venha até a mesa.

Enquanto a Morena lhe prepara um picadinho na cozinha, Miranda observa que está calçada com os sapatos de salto alto. Estava esperando por ele. Sabia. A Morena sempre sabe. Esta é a mulher que deseja, este é o corpo que quer, que lhe convém, com o qual se encaixa perfeitamente, com quem se sente um e dois. A memória lhe devolve tudo o que oculta o vestido floreado, justo, um tanto atrevido, insinuante e recatado a um só tempo. Miranda sabe que quando esse vestido se abre, surge a outra Morena. A sábia, a ondulante, a dedicada, a que não tem nojo de nada e é capaz de desfrutá-lo sem cessar e de levá-lo aos pincaros da excitação para logo fazê-lo descer suavemente, uma vez e outra, quantas vezes quiser, conduzindo-o do vale às montanhas com mãos firmes nas curvas escarpadas, margeando ousadamente os precipícios até, por fim, soltá-lo e deixá-lo vir-se nela, plena, aberta, à beira do desmaio, feliz e amada. Não imagina haver no mundo nada melhor que acabar-se em seus braços. Em sua vida, Miranda conheceu muitas mulheres, mas nenhuma com a generosidade que ela tem na cama. É capaz de lhe dar tudo porque ela é uma dessas raras mulheres que encontram seu prazer no prazer do outro, sua felicidade na de seu companheiro.

Por que me olha assim? Só estou te olhando. Não se iluda, não é tão fácil quanto está pensando. Você me deixou mal acostumado. Está na hora de corrigir isso. Tem razão, quando começamos? Tire a mão daí. Lembra quando você me dizia "tem meia hora para tirar a mão daí"? Agora tem meio segundo. Um minutinho? Tire a mão. Só um pouquinho, Negrinha, veja que senti muita saudade de você. Não, é sério, precisamos conversar. Eu não quero mais esta vida. Nem eu, juro. Já sei da doença de Noelia. Como soube? Na última vez que veio me trazer dinheiro, Parafuso quase não se aguentava em pé e quando o apertei, murchou como um balão, me contou tudo aos borbotões.

Delinquente argentino | 89

O coitado está arrasado. Também me disse que você estava para sair e que era provável que não se vissem por um tempo. Parecia estar com medo. Claro, como não estaria. Não digo pelo que aconteceu com a filha, mas de você. De mim, por que iria ter medo de mim? Acho que ele gastou seu dinheiro. Eu já vi o Parafuso, já sei de tudo e já está tudo resolvido. Sim, mas você está sem grana. Pode me dizer como pensa em abrir esse bendito negócio? Tenho quem me empreste. Olha, Nego, eu não quero saber mais nada desse assunto. Eu te amo, você sabe, mas não aguento mais. Não suporto mais saber que está em perigo e que vai passar os próximos anos na cadeia. Não temos mais vinte anos. Eduardo, me prometa, me jure que não vai vir aqui em casa com a polícia atrás de você. Vivo com o coração na boca. Cada vez que tocam a campainha, penso que vieram me avisar que te mataram. Você sabe que eu te perdoei tudo, mas jamais te perdoaria se te matassem na frente de Fernando. Já sei que não posso te pedir que compre o Clarín[32] e vá procurar emprego. Negrinha, deixa eu me virar. Você e Fernando são o que eu mais amo na vida. Me deixe resolver meus problemas e eu largo essa vida pra sempre, a única coisa que eu quero é viver em paz. Ai, Negro, estou tão esgotada que não tenho vontade nem de pensar...

Na cozinha, se faz silêncio. Um desses silêncios matrimoniais que ficam pairando no ambiente como as emanações venenosas de um pântano. Um silêncio incômodo, penoso, no qual se sintetizam todas as frustrações do passado e se fazem presentes todos os desenganos, todas as dores e uma amnésia na qual se desvanecem todas as alegrias que algum dia compartilharam. A Morena está olhando para ele como se estivesse atrás de um vidro ou a mil quilômetros de distância, e o que sente é medo. Medo de seus sentimentos, medo de se arrepender, do que vai dizer e, sobretudo, medo de continuar com medo. Sente que ainda não tem as palavras que quer dizer a esse homem que ama tanto. Se sente seca, seca e cansada. Sua voz roga:

Agora, quero que vá embora. Não faz isso comigo, Morena. O que você acha, que eu não estou com vontade? Faz quatro anos que também estou sem fazer nada. Resolva seus assuntos, como você diz, depois volte e vemos o que fazer. Está bem, tem razão. Saiba de uma coisa: esta é a última vez, Nego, a última.

---

32 Jornal que, entre outras coisas, tem o principal suplemento de classificados da Argentina (N do T).

Essas palavras que indicam a possibilidade de que um dia a polícia o mate a tiros fazem eco na própria certeza de seu destino, que normalmente consegue escamotear. Também entende o que a Morena não disse, mas fica no ar como uma severa advertência. Se isso chegar a acontecer, ela deixará que a prefeitura o enterre, não voltará a falar dele com seu filho e, quando sua carne se desprender dos ossos e desaparecer, o que restar irá para o ossuário comum, sem uma flor, sem uma lágrima, sem nada. Isso se afigura ao Toupeira como algo pior que a própria morte. A vida que leva o manteve por muito tempo afastado de seu filho, isso é o que mais lhe dói de seu ofício de assaltante de bancos. Acima da dor que a situação lhe provoca, ele mesmo não poderia se perdoar ser apagado da memória de Fernandinho.

M

13

Maisabé se apressa, quer sair antes que Leonardo chegue. O toque do telefone a deixa impaciente, ergue o fone, diz alô várias vezes, mas ninguém responde. A cada dia, se tornam mais frequentes esses chamados vazios. Seu marido diz que são os comunistas que voltaram. Atravessa a sala e se achega à janela para ver como estão vestidas as pessoas, se faz frio ou calor. Vai até a porta do quarto de Aníbal: está sentado à mesa, olhando as ilustrações de um livro de contos. Tão pequeno, sempre tão sério, tão absorto em suas coisas, tão calado, tão indiferente. Parece que nem sequer registrou sua presença; no entanto, quando ela sai pelo corredor, o menino, sem fazer ruído, segue-a e olha-a entrar em seu quarto. Caminha quatro passos e se posta no exato lugar onde o espelho do cabideiro emoldura o do armário, no qual Maisabé está se olhando. Pega uma sacola vermelha de papel e esvazia-a sobre a cama. Cai um envoltório que contém um jogo de sutiã e calcinha rosados com rendas. Fica um instante a contemplá-los com um sorriso. Deixa cair a toalha, veste o conjunto e se olha no espelho, fazendo com a boca uma careta insinuante que quer que seja sensual. O pequeno regressa a seu quarto. Maisabé termina de se vestir. Do fundo de uma gaveta, pega um pequeno frasco azul de perfume e um lápis de lábios sangue e enfia tudo na bolsa-carteira. Veste um casaco, chama Aníbal. Saem do edifício. Sentado a uma mesa do bar da esquina, Leonardo Giribaldi os observa atravessar a rua e dobrar a esquina rumo ao ponto do ônibus que os levará à paróquia. Não quer vê-los nem que o vejam. Paga o café, sai, atravessa a rua e entra no edifício.

Dez minutos depois, Maisabé e Aníbal entram no pátio da paróquia. O padre Roberto, prefere que o chamem apenas de Roberto, está conversando com as outras mães. Como em todas as vezes que o vê, Maisabé sente um estremecimento e enrubesce.

Ele percebe e lhe dirige um olhar faiscante. Aníbal se solta de sua mão e caminha rumo à sala, à aula de catecismo, como se estivesse se dirigindo ao cadafalso. Graciela arrebata a atenção de Roberto tagarelando como uma caturrita loura. Caminha em direção a eles, mas Leonor a detém. Quer convidar Aníbal para o aniversário de seu filho. Lhe entrega um cartãozinho ilustrado com ursinhos de pelúcia e balões coloridos. Roberto está vestido com jeans e camisa branca. As calças têm bainha para fora, não se usa mais, mas nele fica fantástico. Maisabé o imagina despido e imagina a si própria, com sua roupa de baixo nova, diante dele, debaixo dele, em cima dele. Como se a houvesse escutado, se aproxima. Os joelhos dela tremem. Roberto lhe toca o braço levemente, a pele de Maisabé absorve o calor dessa mão com a ânsia de um deserto. Pisca muito lentamente os olhos; na verdade, quer fechá-los para escutar melhor a música de suas palavras. Quando os abre, a única coisa que vê é sua boca. Um fio de saliva, que morre de vontade de saborear, brilha de lábio a lábio. Roberto a está olhando profundamente, nos olhos. Graciela se aproxima. Pega a mão dele com total desfaçatez e lhe diz que tem que lhe mostrar algo. Roberto sorri e se afasta com ela. *Que estúpida eu fui!* Quando Roberto perguntou quem o ajudaria a organizar a quermesse, Maisabé estava tão enlevada como agora e Graciela chegou primeiro. Agora, essa cadela tem a desculpa perfeita para vê-lo cinco vezes por semana. Com toda a pressa, se esqueceu de perfumar-se e de pintar os lábios. Agora é muito tarde, agora não cai bem.

Se senta só num dos bancos do pátio e olha e olha a porta fechada da sacristia. Sonha. Logo depois, a porta se abre e saem. Ela tem o cabelo um tanto revolto, um pouquinho, quase nada, a fivela do cinto de Roberto está deslocada para a direita. Se pergunta se estariam se bolinando e, de imediato, a cena se desenha em sua mente. Eles sobre a escrivaninha de carvalho, rodeados pelas imagens dolorosas dos santos, tocando-se apaixonadamente, se beijando com línguas serpenteantes, enfiando-se as mãos entre as roupas, arfando e, repentinamente, oh, surpresa, vê a si própria na cena, aproximando-se e entrando no meio desses dois corpos que espremem o seu... Abre os olhos, percebe que a calcinha nova está umedecida. Do outro lado do pátio, Roberto a está olhando. Sente que as cores lhe arrebatam a cara, baixa a cabeça e finge procurar algo em sua bolsa-carteira onde a única coisa que vê é o lápis de lábios.

Os pequenos saem da aula e correm pelo pátio dando gritos de pássaro. O único que não participa é Aníbal. Se aproxima dela olhando-a como se soubesse. As mães rodeiam e escutam atentamente o padre que lhes fala sorridente, com gestos pausados e serenos. Maisabé saúda com mão triste e vai até a saída. Roberto se desculpa e a intercepta. Olha Aníbal, acaricia-lhe a cabeça ternamente. Maisabé se detém nesses dedos voluptuosos que se demoram nos cabelos do menino. O menino tem uma veloz reação de rechaço.

Espere a mamãe na porta que precisamos conversar.

O menino olha para eles com total desinteresse e se afasta.

Maisabé, precisamos conversar.

Os olhos de Roberto brilham como se estivesse lendo por todo o tempo seus pensamentos. Ou será a imaginação dela?

Conversar? Terça é o dia mais tranquilo. Terça? Te espero ao meio dia.

Roberto lhe roça a mão e sorri. Ela assente rápido com a cabeça e se afasta rumo à porta. Caminha com a mesma sensação de estar levitando que teve quando o conheceu.

Aníbal olha pela janela do ônibus. Observa as pessoas que andam pela rua. Brinca, procura.

Verde. Um, dois, três, quatro, cinco, seis sete... uma mulher com sobretudo verde. Amarelo. Um, dois, três, quatro, cinco, seis sete, oito, nove, dez, onze... um cara com impermeável amarelo...

A seu lado, Maisabé, feliz e morta de culpa pelo que está sentindo, tem o olhar perdido pelo chão. O ônibus começa a se encher. Ela observa o jogo de pés dos passageiros que vão se apertando no corredor, os corpos se roçando, se esfregando ao ritmo da marcha, as freadas, os buracos. Se sente esgotada. Enfia a mão no bolso, onde sempre leva o rosário e o faz circular com os dedos como quando reza, mas não o faz, simplesmente usa-o para apaziguar o tremor de suas mãos ou, ao menos, para dissimulá-lo. O que quer é pensar em Roberto.

Maria, já chegamos.

Desperta. Aníbal jamais lhe chamou de mamãe nem de Maisabé, como a chamam todas, nem sequer Maria Isabel, como foi batizada. Chama-a apenas de Maria. Tem um problema com os nomes, tampouco chama Giri de papai ou Leo. Lhe chama de Giri, como seus colegas do exército, ou senhor, como seus soldados. Quando os adultos lhe perguntam como se chama, não responde, se finge de surdo ou olha para ela para que ela responda. No entanto, soube que, quando outros meninos, na escola ou na paróquia, lhe perguntam o nome, diz chamar-se Juan. Ela quis saber por que, ele negou. Sempre faz tudo o que lhe pedem, obedece sem chiar, sem se queixar, como se sua vida dependesse disso. Aos dois anos, quando lhe pediam um beijo em tatibitati, dizia: *acabou*, aos quatro começou a se vestir sozinho, aos seis já decidia a roupa que iria usar. Quer fazer tudo sozinho, parece incomodá-lo que queiram lhe ajudar. Na escola, está indo bem, não é o melhor aluno nem o pior, situa-se eficazmente num bloco intermediário que o protege da mediocridade de suas professoras. Brinca bastante com os coleguinhas e é bastante popular, coisa que surpreende as professoras porque sempre oculta a risada e o sorriso dos adultos, que mantém constantemente sob estrita vigilância. Muitos deles se sentem intimidados por esse olhar que parece penetrá-los e revolver-lhes todos os segredos.

Enquanto isso, Giribaldi abre a gaveta, desenrola uma flanela cor de laranja, saca uma caixa de madeira, coloca-a sobre a escrivaninha e abre-a. Ali descansa a Glock 17 preta com seu Storm Lake Barrel, seu carregador de dezessete projéteis. Coloca junto a ela o kit de limpeza com suas escovas de bronze, seus panos, a garrafinha de Spec 357 que já está quase terminando. Deita a pistola sobre a flanela. Aperta o botão que solta o carregador, tira todas as balas e vai posicionando-as uma junto à outra como se fosse uma fila de soldadinhos. Puxa o ferrolho e se certifica de que não há uma bala na câmara. Tira o cano e o trilho, deixando à vista a mola recuperadora. Com uma chave de parafuso de relojoeiro, empurra para baixo o espaçador plástico. Põe os óculos de leitura. O passo seguinte requer muito cuidado porque a mola está na tensão máxima. Quando puxar o retêm, tenderá a saltar-lhe na cara. Pode vazar-lhe um olho tranquilamente. Isto não é um brinquedo, é uma máquina de matar, e essa condição se faz presente em cada um de seus mecanismos. Giri manuseia a trava com total precisão. Em seguida, retira o tambor e a espiral de extração de cápsulas usadas, pressiona e segura o pequeno botão prateado do retêm do ferrolho. Faz rotar o extrator até que saia do trilho, retira o botão de segurança. Alinha todas as peças e observa o conjunto ordenado de peças.

Uma gota de suor cai de sua testa e desenha um sol escolar na tela laranja. A arma, agora, é inofensiva, incapaz de causar qualquer dano. Se alguém atacasse neste momento, não poderia defendê-lo, as peças soltas não constituem risco a ninguém. Liberta das tensões que a habitam, não é mais que uma coleção de peças de aço oxidado desenhadas para que encaixem perfeitamente umas com outras. Com dedicada parcimônia, utilizando suas pequenas escovas embebidas em líquido de limpeza, a esfrega uma vez e outra. Lubrifica as partes móveis e, com os paninhos, tira-lhe todo o excesso de óleo. Agora, vem a parte da qual mais gosta. Olha por alguns instantes para as peças limpas e lubrificadas sobre a flanela para memorizar sua localização, liga o cronômetro de seu relógio de pulso, fecha os olhos e monta a pistola a toda velocidade. Abre os olhos, olha para o relógio: dezoito segundos; sorri. Pega o estojo e coloca-o sobre a mesa. Pule com a flanela os projéteis, um por um, e vai inserindo-os no carregador. Quanto está completo, encaixa-o no cabo com gesto enérgico. Ainda que uma pistola nunca perca seu poder de intimidação, é quando está armada e carregada que se reveste de toda sua capacidade destrutiva. Em sua mão, a arma se sente leve, forte e poderosa, apontada para a cabeça das pessoas nas fotos: o general Saint Jean[33] lhe entregando um diploma, seu pai, ele próprio vestido de cadete, Maisabé em traje de comunhão, Aníbal com cara de bunda na praia. Engatilha-a, está pronta para disparar, este é o momento do paroxismo, um ínfimo movimento do dedo médio que descansa sobre o gatilho separa da eternidade quem ousar desafiá-lo ou desobedecê-lo. O único poder verdadeiro é o de vida e morte sobre os demais.

Ouve o elevador parando, as portas ao se abrir e o som das chaves na fechadura. Pela porta de seu escritório, passa Aníbal, que o cumprimenta com um oi sem olhá-lo. Três segundos depois, Maisabé se posta na porta. A Glock repousa em seu colo, fora de seu campo de visão.

E aí? Tudo bem. Como foi? A verdade é que com essa história de levar Aníbal à catequese justo no horário de pico, acho que vou garantir meu lugar no céu. Isso se você ainda não tiver garantido. Está com fome? Um pouco. Tem carne. Certo. Salada ou purê? O que você preferir. Está bem.

---

33 Os generais Iberico Saint Jean e Alfredo Oscar Saint Jean, irmãos, foram dois dos expoentes da ditadura argentina de 1976-83 (N do T).

Ao entrar na cozinha, tem um ataque de raiva silenciosa contra seu marido. O resto de um sanduíche de presunto sobre o balcão da cozinha se transformou numa massa inquieta de formigas famélicas. Maisabé odeia esses bichos que, em todos os anos que vivem neste apartamento, não conseguiu exterminar. Pega uma panela pequena, abre a torneira de água quente e a coloca embaixo. Com um rugido caseiro, as chamas do calefator tingem-lhe o gesto de azul e, ao se aquecer a água em seu interior, as serpentinas emitem um queixume lamentoso. Enquanto a panela se enche, observa as formigas indo e vindo com migalhas, movendo-se velozmente rumo à e a partir da comida, se encontrando e se detendo brevemente, como que a conversar. Um ordenado frenesi as domina. Coloca a panela junto ao balcão e, com um pedaço de pano de limpeza, arrasta o conjunto de sanduíche e formigas para dentro d'água quente. Os insetos deixam de se mover no instante em que tocam a água. Ela, no entanto, pode tocá-la sem se queimar muito. Joga a água com as formigas na pia, pega os restos de pão e presunto molhados e os atira na lixeira O jato de água quente leva os cadáveres das formigas e o trapo amarelo acaba com as que restaram, dispersas e desordenadas, como estonteadas. Uma última formiga caminha em círculos pelo balcão. Maisabé olha para ela e, quando finalmente escolhe um rumo, esmaga-a com um dedo que lhe transmite o crac que faz o exoesqueleto ao se quebrar. Olha os restos mortais grudados em seu polegar, os líquidos interiores derramados na gema do dedo, e sente a tentação de comê-los. Se limpa com água. Pega a tábua e põe um pedaço de carne em cima. Com o martelo de madeira, a golpeia e observa as pequenas pontas rompendo e fazendo sangrar as fibras.

Sua mente viaja para o futuro, quando Giribaldi já tiver morrido, Aníbal saído de casa e Roberto... *quem sabe?* Se imagina sozinha no mundo, sozinha na vida, tomando a primeira, única e última decisão livre: tomar o frasco inteiro de pílulas para dormir. Com seu olho mental, se vê velha, se deitando para morrer em sua cama. Se vê morta. As formigas, em paciente procissão, vêm devorá-la. Seu corpo será a comunhão desses seres infatigáveis que só contam com o Deus da fome. Quando a encontrarem, não restará dela mais que os ossos descarnados, porque a carne passará a fazer parte desse exército odioso de seres minúsculos e obedientes que permanecerão na casa para atormentar seus próximos moradores, como fazem agora com ela. No fim, quem vai triunfar serão as formigas, não importa quantas matemos.

M

14

Sozinho. Perdido. Confuso. Na rua. Rodeado de estranhos apressados. Procurado. Perseguido. Vestido de operário e portando uma maleta com uma montanha de dólares. Tentando recobrar o fôlego, a calma. Procurando, sem conseguir, dominar as batidas de seu coração, que o aturdem. Arfando. As sirenes das viaturas policiais ressoando nos edifícios cheios de corretos funcionários de escritório. A adrenalina espessando-lhe o sangue, impedindo-o de pensar, preparando-o unicamente para a fuga ou o ataque. A raiva turvando-lhe a vista. Compreendendo que esse estado é sua perdição. Já sentindo ruir sob seus pés a última fronteira da cordura, estoura um trovão e começa a chover. Forte, com raiva, como se nunca fosse parar. Uma chuva grossa, feroz, dessas que parecem querer limpar da Terra a raça humana. Dessas que diminuem pressas e aumentam ansiedades, que destroem as taperas e os abrigos dos miseráveis e arruínam as festas dos ricos. Dessas que obrigam os ternos comprados em seis prestações a se guarnecer sob toldos e varandas e põem seus conteúdos a olhar para o céu clamando por uma trégua que não os faça chegar demasiado tarde ao trabalho. Miranda, o Toupeira, começa, então, a caminhar sob o aguaceiro. Refrescando-se, retomando-se, recompondo-se. Pensa na Morena. Como se ela lhe tivesse enviado essa tormenta para amainar sua borrasca interior. Anda quatro quadras assim, tranquilamente, até entrar na boca do trem subterrâneo. Deixa passar o primeiro. A plataforma fica temporariamente deserta. Se posta atrás da banca de jornais, tira o macacão empapado e o introduz debaixo da banca. Seu terno está manchado de amarelo.

Ao sair à superfície, na estação Primera Junta, a chuva se reduz a velozes picadas geladas. Entra numa alfaiataria mediana e pretensiosa. Vai deixando, ante o olhar surpreso dos vendedores, um rastro de água que bem poderia ter sido de sangue.

No provador, se desfaz de suas roupas manchadas, veste novas e seca a maleta com as velhas. Nessa reduzida intimidade, torna a colocar o 38 cano longo na cintura, pega dez notas de cem dólares, põe quatro num bolso e seis no outro. Embola a roupa usada e deixa-a sob um tamborete esfarrapado. Ignora o vendedor que o atendeu e caminha resolutamente até o caixa onde um sujeito com aparência de lombriga faz contas. É o encarregado. A cara de leva-e-traz o delata. Se aproxima e deposita seis notas sobre o balcão, separando duas, duas e duas.

Estas duas te pagam a roupa. Por estas duas, você me dá duzentos austrais em troca. Estas outras duas são as que fecham sua boca.

Com um sinal, o faz ver a arma.

Se algum dia você me viu, volto e te mato. Entendeu?

A Lombriga vislumbra o negócio de imediato, um só desses retratos de Franklin paga a roupa e outro cobre a soma que esse homem lhe exige. Assente com a cabeça, embolsa as seis notas com gesto feminino, abre a caixa registradora e coloca sobre o balcão três notas de cinquenta e cinco de dez. Baixa o olhar para suas contas, como se o Toupeira não estivesse ali. Nunca o viu.

Tchau, senhor, muito obrigado.

Miranda sai devagar. No caminho, pega um impermeável da arara, arranca a etiqueta com o preço e joga-a fora. Sai à rua, trota até a esquina e, com um empurrão, surrupia de um aposentado o único táxi vazio.

Para onde vamos, senhor? Dirija. Já te digo.

Na rádio, estão comemorando o gol de Percudani que derrotou os ingleses em Tóquio. O chofer faz um comentário entusiasmado ao qual Miranda não presta nenhuma atenção.

Me leve para passear. Onde você quiser, menos no centro.

Olha-o pelo retrovisor, logo eu tinha que pegar um sujeito com sangue de barata. Resolve ignorar seu passageiro e se manda lentamente pela Rivadavia, grudado ao meio fio, somando sua buzina à algaravia geral. Indiferente, o Toupeira olha para a cidade molhada enquanto vai tentando se definir: primeiro, onde esconder a maleta com o dinheiro e, logo, onde se esconder ele mesmo. O assalto foi um desastre, como sempre por obra do acaso. Um rato à paisana, com vontade de sair no jornal, estava na fila do caixa 6. Sua foto aparecerá na edição da tarde, no meio de um charco de seu próprio sangue. O cara sacou seu .45, mas tão desajeitadamente que caiu no chão, aos pés de Chulo. Não se sabe por que os gordos têm fama de tranquilos. Chulo não pensou, disparou-lhe em cheio no peito com sua .12 cano serrado quando não era necessário, o tira não estava mais armado. Tinha-o sob seu domínio, mas atirou do mesmo jeito. Os nervos. O gambé deu um solavanco para trás quando os cartuchos lhe arrebentaram o peito e se esparramou no solo. As pessoas começaram a gritar como se as estivessem matando. Então Chulo, para calá-las, atirou no teto. Um pedaço de forro do tamanho de uma grande de mussarela caiu em cima do grande idiota. Grilo, com o carro de fuga à porta, assim que escutou os tiros, engatou a primeira e desapareceu. O Toupeira já estava abastecido, de modo que fechou a maleta e teve que tirar do caminho a empurrões Chulo, que ficara estonteado pelo golpe na cabeça. Na porta, lhe fez sinal para que disparasse em direção a uma esquina, enquanto ele corria até a outra. Nestes casos, o melhor é se separar. Enquanto escapava, o Toupeira chegou a ver que Chulo escorregava, perdendo a escopeta na queda no momento em que uma viatura subiu na calçada, dois policiais o imobilizaram e um completou o serviço com um rotundo chute no crânio. De Franja, a última coisa que vê é que atravessa a rua correndo.

Uma merda, uma verdadeira merda. A vida é assim. Quando alguém planejou tudo e pensou até no último detalhe, surge o imprevisto e começa uma cadeia de situações que terminam por foder tudo. Ou, como dizia seu avô, quando se está com a bunda de fora, todos os nabos caem de ponta. Ao menos, havia feito uma boa grana. Mas, neste momento, a maleta pesa como uma tonelada. Agora, é preciso sair de cena, se esconder nalgum lugar até que as coisas se acalmem. Algo que não vai acontecer de imediato. No banco, deixaram um tira estendido, e isso não agrada aos meganhas porque pensam que poderia ter sido com eles. Não confia muito em Chulo se o apertam, coisa que dá por certa. Pensa em se mandar para Rosario, mas descarta isso de imediato: Benítez, o Papagaio, havia perdido uma semana antes e o Reverendo respira, sempre e quando não desliguem os aparelhos. *Puta vida esta que eu levo. Lia? Não, Chulo a conhece.*

Ao descer a ponte da Avenida San Martín, já havia cogitado e descartado quase todas as possibilidades de encontrar outro esconderijo. Decide regressar ao que tem com a esperança de que ninguém o tenha seguido nestes dias. Acredita que não, mas nunca se sabe.

M

15

Caminhando pela City[34], Lascano tem uma sensação de estranheza, como se a cidade não lhe pertencesse mais, como se houvesse sido tomada por uma gentarada de terno sem cabeça. Os invasores têm por volta de trinta anos, combinam ternos escuros com gravatas berrantes. Só olham para a frente, só falam entre si, têm fios incrustados nos ouvidos e não desviam de seu caminho nem que passem diante deles suas avozinhas moribundas. Quem é toda essa gente, de onde saíram todos juntos, o que houve com eles? Saem de e entram em enormes edifícios de cristal. Alguns carregam mochilas multicores, muitos trazem barba de dois dias, a maior parte se entrincheira atrás de grandes óculos de sol, todos têm pressa. São insolentes, falam aos gritos, chamam uns aos outros de babaca. Enquanto caminha pela 25 de Maio até o coração dos negócios da cidade, a massa de babacas se torna mais densa, mais compacta. Examina o endereço que anotou num papelzinho, é uma dessas barras de vidro. Na entrada, há dois morenos lustrosos embutidos em fantasias de xerife, com estrelinha e tudo. Olham para todos os homens como se quisessem esmurrá-los e para todas as mulheres como se estivessem a ponto de estuprá-las, mas ninguém olha para eles, salvo os de sua mesma raça. Antes dos elevadores, há uma sequência de catracas guarnecidas por um dos cowboys. Lascano observa que todos os que entram o fazem liberando a passagem com um cartão que levam pendurado na cintura. Tem a impressão de que isso é a versão moderna dos grilhões desses escravos corporativos. O xerife da catraca lhe indica, com um gesto, que deve se dirigir a um balcão redondo presidido por alguém que parece o chefe de polícia de Dodge City[35],

---

34 Parte do centro de Buenos Aires onde se concentram instituições financeiras (N do T).
35 Protagonista de *Gunsmoke*, série de rádio, TV e história em quadrinhos estadunidense que originou o filme homônimo, traduzido

só que mapuche[36]. Após um breve interrogatório e várias pausas, lhe entrega um cartão-algema, com a orientação de devolvê-lo ao sair e um papel que deve pedir que seja assinado pela pessoa que veio ver. Não tem mais dúvidas, está numa prisão. Sorri para o guarda das catracas, mas o sujeito não passa recibo algum, *deve estar estudando para ser babaca*. O cartão lhe franqueia a passagem e entra no elevador no qual já se posicionaram cinco idiotas silenciosos. Um deles o mede de cima a baixo, parece se perguntar o que faz ele aqui. Finalmente, o elevador o vomita num corredor atapetado, caloroso, iluminado por pequenas lampadazinhas incandescentes. Na parede, há uma gravura enorme com o escudo do banco. Se dirige até a porta e toca a campainha; nesse momento, se acende outra luz e uma minúscula câmera de TV em circuito fechado o enfoca por sobre sua cabeça.

Bom dia. Sou Lascano, quero falar com o senhor Fermín Martínez. Passe, por favor.

Ao abrir a porta, nota que é muito mais pesada do que aparenta. Do outro lado, o está esperando uma moça enfiada em duas peças azuis que combinam com a tapeçaria e o papel das paredes. É belíssima e, apesar de sua extrema juventude, faz tempo que sabe disso. Deve ser algo de família. O convida a seguí-la, bastante consciente do efeito que produz a ondulação de sua bunda ao caminhar. Deixa atrás de si uma nuvem invisível de perfume importado na qual seria possível mergulhar e navegar até o destino. Com um giro de modelo de passarela, lhe aponta umas poltronas de autêntico couro da Rússia cor de sangue fresco e lhe pergunta se deseja beber algo. O Cachorro recusa e fica olhando enquanto ela se afasta rumo a sua mesa, onde se senta, cruza as pernas e constata que é admirada. Lhe dirige um ínfimo sorriso sabor plástico de alto impacto. Por cima da poltrona em que Lascano se acomodou, há uma pequena lâmpada que parece ter sido posta ali com o propósito de fritar-lhe o cérebro, a calefação lhe aquece os pés através do tapete, de algum ponto brota tenuemente a música funcional e, de vez em quando, um piip muito leve...

---

no Brasil como *A morte tem seu preço* (N do T).
36 Índios que habitam o sul da Argentina e o Chile, descendentes dos araucanos (N do T).

O senhor Martínez o receberá agora.

Abre os olhos; do alto de suas pernas e de seu torso, a moça está olhando para ele com um sorriso. Se envergonha. Se soubesse que o deixaram meia hora esperando, estaria de mal humor.

Desculpe, peguei no sono. Quem dera eu também pudesse. Por aqui.

O gabinete se ergue sobre as obras que estão sendo realizadas nos diques do porto. Atrás, se estende, pardo, lento e traiçoeiro, o Rio da Prata. Fermín está de pé ao lado de um sujeito com um cabelo tão branco que encandeia. Está lhe mostrando algo num papel sobre a escrivaninha.

Entre, Lascano, entre. Lhe apresento o senhor Makinlay.

O grisalho se levanta e lhe estende a mão enquanto o Cachorro se achega à escrivaninha de raiz de cerejeira. Em roupa, não deve ter menos de cinco mil dólares, sem contar as abotoaduras de ouro, o relógio e as outras quinquilharias. Fala como alguém super educado, habituado ao trato com reis. Ele próprio tem o ar de um rei. Sorri como férias nas Bahamas.

Senhor Lascano, Fermín me falou muito bem de você. Creio que é comissário da Federal. Já fui. Não sou mais. Melhor assim. Me disseram também que é o melhor detetive que a corporação já teve. Me diga do que precisa e eu lhe digo se posso fazer. Certo, vamos ao grão, já que é assim. Por favor. Houve um assalto a uma de nossas agências. Ahá. Um assalto fracassado... em parte. Um dos delinquentes está morto, há outro preso e mais um ou dois foragidos. Se o assalto fracassou, não vejo para que precisaria de mim. Lhe disse que fracassou, mas em parte. O que escapou, escapou levando cerca de um milhão de dólares. E chama isso de fracasso? Oficialmente, sim. Não estou entendendo. Esse milhão de dólares não tinha que estar no banco. Foi um mal entendido entre o contador e a transportadora de valores. Ou seja, não pode fazer a ocorrência e, portanto, o seguro não vai cobrir. A verdade, senhor, é que prefiro não me envolver com dinheiro sujo. Por que supõe que é dinheiro sujo? Porque se não fosse, o senhor faria a ocorrência e o seguro cobriria. Creio que não está me entendendo. Explique. O seguro nos obriga a manter um registro de todo o dinheiro que há em cada agência. Por um engano, esse dinheiro não foi contabilizado, o contador deixou para o dia seguinte, negligência. Registre queixa do contador. Não posso. Por que não? Porque é meu filho. E o senhor está seguro de que seu filho não é cúmplice dos assaltantes? Gostaria de sequer poder suspeitar, mas o coitado é tão estúpido que não tem capacidade nem para muito menos que isso. Até para roubar, é necessário talento. Se o senhor está dizendo... diga-me, seu filho se veste de preto? Sempre, como sabe? Imaginei; o que quer que eu faça? Preciso achar o assaltante e, se for possível, também o dinheiro. O essencial é que não recaia nenhuma suspeita sobre meu filho. O que sabemos do assaltante? Quase nada. E do que está preso? Pode interrogá-lo quando quiser, mas o sujeito não soltou uma única palavra. Como se chama? Nem ideia. Pode falar com nosso contato no Departamento. Quem é? O subcomissário Sansone. Conheço-o bem, o que me oferece? Três mil agora. Se encontrar o ladrão, cinquenta mil mais dez por cento do dinheiro que recuperar. E se não recuperar nada? Azar. E se não encontrá-lo? Azar. E como o senhor sabe que não vou embolsar os três mil e não fazer nada? Não sei, mas me orgulho de conhecer as pessoas e você não parece ser desse tipo. Além do mais, se fosse um golpista, Fermín não o teria recomendado e finalmente, Lascano, eu sei muito bem quem você é e não creio que esteja em condições de arranjar mais inimigos. Aceita?

O Cachorro assente com a cabeça. Makinlay pega o telefone e fala com sua secretária. Um instante depois, entra a moça, coloca um envelope sobre a escrivaninha e sai.

Todo seu. Estamos combinados? Estamos. De agora em diante, você se comunicará unicamente com Fermín. O que precisar ou tiver para dizer, diga a ele. De acordo? O senhor paga, o senhor manda.

Fermín lhe entrega um cartão de visita, pega-o pelo braço e o acompanha até a saída.

Na esquina da 25 de Maio com a Mitre, há um bar que tem um balcão sinuoso para tomar um café rápido. Está vazio: já passou a hora do café da manhã e não chegou ainda a do almoço. O Cachorro se senta ali, pede um expresso duplo com leite frio e um *croissant*. Enquanto o garoto prepara o café, se aproxima do telefone público e procura nas primeiras páginas do catálogo o número da central do Departamento de Polícia. Enfia uma moeda na ranhura e disca.

Comissário Lascano, bom dia... Me passe o sub Sansone, por favor. Não, daí... Obrigado... Lascano. Como vai? Como pode ver, vaso ruim... Tudo bem... Sim, já sei... Muita confusão?... Sim, claro... Preciso te ver... Pelo caso do banco... Sim, falei com o tal duque... Quem é?... Agora?... Bem, se tem que ser agora, vou pra lá... De acordo, em uma hora... Não comente minha visita com ninguém... Sem problema... Está bem, te ligo quando estiver perto... Feito... Obrigado... Tchau.

Come o *croissant* em duas mordidas e bebe o café em três goles. Lhe cai como a pancada de Coggi, o Chicote, que fez Gutiérrez dormir no primeiro round[37]. Quando sai à rua, um calafrio o percorre. Vai se meter na boca do lobo. Mais uma vez. Se sente farto dos riscos, mas, mesmo assim, vai.

Por uma portinha lateral que dá para a Virrey Ceballos, Sansone faz Lascano entrar no Departamento de Polícia. Sansone é baixinho e enérgico, um rabugento impenitente mas um sujeito correto. O precede por corredores cegos, estreitos, úmidos e vazios. Desembocam numa espécie de recinto cercado por grades. Um sargento barrigudo se levanta ao vê-los e lhes abre uma das portas gradeadas, fecha-a detrás de si e encabeça a marcha dos três até uma porta, abre-a e lhes dá passagem. Entram, o sargento regressa a sua escrivaninha. Dentro da cela, há um homem com a cabeça vendada. Quando a porta se abre, se põe em guarda. O Cachorro o conhece há muito, é Benavídez, o Chulo, um assaltante da quadrilha de Miranda, o Toupeira. Está muito pálido e um suor frio o percorre. Tem todos os sinais de alguém que levou choques.

O que houve, Chulo?, pensei que estava aposentado. Que foi, Cachorro? Estou aqui, visitando os amigos em dificuldades. Tenho advogado. Já sei, alguma vez toquei em você? Quero conversar. Não tenho nada pra dizer. Com quem foi o serviço, Chulo? Com Mickey Mouse. Não teria sido com o Toupeira? O Toupeira está preso. Não minta pra mim, Chulo, saiu faz pouco. É mesmo?, não sabia.

Chulo fala como em câmera lenta, parece que está a ponto de começar a chorar. Tenta dissimular o tremor de suas mãos apertando-as com força, mas não consegue. Lascano faz um sinal com a cabeça para Sansone e saem da cela.

---

37 Referência à luta de boxe em que Juan Martín Coggi venceu Pedro Gutiérrez pela categoria superleve em La Plata, em 1984 (N do T).

Me faça um favor. Qual? Vá à intendência e peça um pouco de ácido bórico. O que é isso. É um produto químico que usam para matar baratas. Para que você quer isso? Para que o canário cante, é preciso dar-lhe alpiste, querido. Quanto quer? Quase nada, uma pitadinha. Não me vai envenenar o cara, hein? Não se preocupe.

Minutos mais tarde, Sansone regressa e entrega a Lascano um envelopinho de papel com o pó branco.

Você fuma, Sansone? Nem me fale do cigarro, parei faz um ano. O sargento fuma? Vamos perguntar pra ele.

Caminham alguns passos até onde o suboficial dorme sobre sua escrivaninha.

Medina. Sim. Você fuma? Sim, senhor. Vamos ver, mostre-me seu maço de cigarros.

Medina saca um maço meio enrugado de Particulares do bolso de sua jaqueta e o estende a Lascano, que o esvazia sobre a escrivaninha. Os dois policiais olham-no, intrigados. O Cachorro extrai o papel metálico, coloca-o num canto e torna a colocar os cigarros dentro da embalagem. Sacode o papel metálico e, com a mão, limpa-o de qualquer vestígio de tabaco. Alisa-o na borda da escrivaninha, sopra-o, estica-o com a parte metálica para cima e põe em cima um pouco de ácido bórico. Dobra o papel com muito cuidado, montando um pequeno envelope. Agradece ao sargento, faz um sinal ao subcomissário e retornam à cela. Lascano se senta diante de Chulo; num flanco, Sansone observa. O envelopezinho na mesa é um ímã irresistível para os olhos do preso. Se remexe na cadeira. Lascano abre a pequena embalagem, deixando à vista o pó branco.

Te trouxe umas guloseimas. Te cairia bem um teco agora, Chulo? Não enche, Lascano. Não estou brincando. Estou te propondo um negócio. Que negócio? Você me dá informação e eu te passo o pozinho. Você não me dá nenhum elemento e eu tomo sozinho. Eu não vou entregar ninguém...

O corpo inteiro de Chulo delata a ânsia que sente por aspirar cocaína. Nada lhe cairia melhor agora que enfiar-se esse anestésico pelo nariz. Lascano observa-o atentamente, o preso só tem olhos para o pó, saca uma nota novinha do bolso e começa a enrolá-la em forma de canudo. Chulo começa a ficar desesperado, o Cachorro saca o cartão que Fermín lhe dera no banco e, com o pó, traça duas linhas paralelas e iguais sobre o papel metálico.

Cachorro, eu não vou entregar ninguém, está me entendendo?! Mas Chulo, eu não estou te pedindo que diga nada. Te faço umas perguntas e você me responde sim ou não com a cabeça, certo?

O homem olha para ele e assente com a cabeça. Lascano sorri.

Quem planejou tudo foi o Toupeira, certo?... Muito bem, Chulo, é assim que eu gosto. Ele escapou com a grana, não é verdade?... Estamos indo bem, a qualquer momento você ganha o prêmio, mas agora vai ter que fazer um esforço. Onde fica o esconderijo do Toupeira?... Não vai dizer nada?... Olhe que eu levo o pó embora, Chulo... diga um lugar. Haedo... uma rua. Não sei. Você vai perder. Já te disse tudo o que sei. Mais alguma coisa?...

Lascano não precisa saber mais nada e Chulo não tem mais informação. Se levanta. Ao fazê-lo, simula um gesto inábil e solta o envelope, o pó branco voa no ar e cai, lentamente, no chão ante o olhar desesperado de Chulo. Lascano não se dá conta de que deixou o cartão de Fermín sobre a mesa.

Enquanto se afastam pelo corredor, ecoam os insultos de Chulo contra Lascano, clamando vingança. O sargento caminha até a cela e, quando abre a porta, os gritos cessam imediatamente.

Ainda rindo, Sansone e o Cachorro saem juntos do Departamento e vão caminhando pela Entre Rios em direção ao Congresso.

Ah, antes que me esqueça, Pereyra está te procurando. Quem? Pereyra. Não o conheço. É o promotor da Três, um jovem. Sabe o que ele quer? Anda atrás de um caso que você investigou. Me disse o nome... mas não me recordo. Ligue pra ele. A Três, você disse? A Três.

Na altura da Rivadavia, se separam. Lascano continua pela Callao, continua lhe soando na mente o nome de Haedo. Se lembrou que ali viviam os pais de Eva.

O envelope aquece agora o peito de Lascano. Até poucas horas antes, estava sozinho, sem rumo e sem grana. Agora, tem os três mil, um trabalho: achar Miranda, o Toupeira e um desejo: reencontrar Eva. Sente que a vida começa a mudar de rumo, que é possível que todos os reveses, a má sorte, fiquem de lado e comece uma temporada de maior ventura. Coisa rara: se sente otimista, sensação que é mais fácil ter com três mil no bolso. Mas essa sensação lhe desperta outra que o leva até um local meio oculto, numa galeria de má fama na rua Bartolomé Mitre, onde se pode comprar uma pistola sem que se faça nenhuma pergunta, sempre e quando se saiba pedir.

16

Lascano passa a noite inteira recompilando as informações sobre Miranda que tem armazenadas em sua memória. Ele mesmo se encarregara da investigação que levou-o para trás das grades. No processo, saiu barato porque o Toupeira é um bandido que não economiza em advogados. Um sujeito astuto e inteligente, lamentavelmente dedicado ao crime. Sempre sonhara convencê-lo a trabalhar para a polícia. Uma mente como a dele seria de enorme ajuda porque para capturar um criminoso, é preciso pensar como ele.

As coisas que são importantes para um homem costumam ser sempre as mesmas; em geral, não mudam com o passar do tempo e a experiência. E se algo importa para Miranda, é sua família. Sua mulher e seu filho. Pelo que sabe, ela não participa de suas atividades criminosas. É alguém comum, uma menina suburbana que não deve ser mais tão menina, que teve a má sorte de se apaixonar por um delinquente. No entanto, não é nenhuma tonta: várias vezes, conseguiu despistar e dar perdido nos tiras que a seguiam para encontrar Miranda. O filho já deve estar por volta dos vinte anos. Pena não ter agora meios para saber o que anda fazendo o garoto. Recorda ter passado dias e dias vigiando sua casa, que é o que se propõe fazer novamente.

Pouco antes que amanheça, Lascano se posta no umbral de uma casa do Corredor El Lazo. Dali, tem uma boa visão da porta de entrada e também do paredão que dá para o pátio da casa, por onde Miranda poderia entrar ou sair tranquilamente. A casa está silenciosa e quieta. O bairro começa a ganhar vida lentamente. Vindo da Cuenca, dobra um Falcon com três sujeitos à paisana. O Cachorro reconhece imediatamente um deles: é Flores, um dos comissários mais corruptos e sanguinários da Federal. Lascano sabe que essa presença ali não é um acaso. Pensaram o mesmo, mas Flores não vai se limitar a seguir o filho para que o conduza ao Toupeira, como havia ocorrido a ele.

Com certeza, vai recorrer a algo mais expeditivo – por exemplo, sequestrá-lo para pedir resgate. A cabeça do Cachorro entra em funcionamento a todo vapor. Sai e caminha em direção à avenida enquanto procura em seus bolsos uma moeda. Quando fica fora do campo de visão dos ocupantes do Falcon, empreende uma breve corrida até a Jonte. O *Quitapenas* está erguendo a persiana metálica. Entra como um tornado, localiza o telefone rapidamente, pega o fone e disca o número de informações.

Por favor, poderia me dizer o telefone do Canal Nove de Televisão...

Uma voz gravada o dita, dígito por dígito. Desliga; segura o fone junto à orelha com o ombro encolhido, joga uma moeda pela ranhura enquanto repete o número como se fosse um mantra. Disca.

... Com o noticiário, por favor...

Lhe parece passar uma eternidade até que o atendem.

Vamos, vamos...

O som de chamada soa seis ou sete vezes; finalmente, uma voz jovem atende.

Ouça, houve um assalto aqui na Paternal... Deram uns mil tiros... Creio que há vários mortos... Lhe dou o endereço... Anote: Cuenca, 2049... É a meia quadra da esquina com a Jonte... Sim... Há alguma... recompensa?... Jorge López... Está bem, quando o caminhão chegar, me identifico para eles... De nada.

Desliga, disca 101. De imediato, uma mulher atende. Com sua melhor imitação do tom patrão de estância, fala para ela como uma metralhadora.

Alô... Aqui é o juiz Fernández Retamar, da Segunda Criminal... Veja, quero informar um assalto que está ocorrendo neste exato momento em um domicílio privado... Não, estou na rua... É uma casa... Cuenca com Pasaje El Lazo... Há três caras de campana no corredor em um Falcon cinza... Não reparei... Estão armados... Mande gente de imediato... Eu fico aqui esperando... De acordo... Não perca tempo...

Lascano volta rápido até a casa de Miranda, mas passa ao largo por uns metros. Está tudo tranquilo. Um dos policiais monta guarda junto ao Falcon, os outros dois continuam dentro dele.

Se senta na escadaria de uma casa italiana. Não precisa esperar muito. Duas viaturas, trovejando com suas sirenes, entram pelo corredor na contramão, e outras duas lhe fecham a passagem por trás. Abrem-se as portas e descem doze de uniforme com pistolas, metralhadoras e escopetas, e se entrincheiram atrás dos carros. Um guarda, com um megafone, lhes ordena que desçam com as mãos para cima. Há, no carro de Flores, um instante de estupor e hesitação. Pelo megafone, volta a se propagar a ordem imperativa. Alguns vizinhos se dirigem às janelas. A persiana da casa de Miranda se ergue e Susana olha para a esquina. Do Falcon, descem Flores e o outro policial, bem lentamente, levantando os braços. O comissário grita que são policiais. Lhe responde que se deitem de bruços no chão. Se olham, não têm outro remédio além de obedecer. Lascano se levanta. Um caminhão de reportagem do Canal Nove chega e freia abruptamente. Susana sai à porta da rua com o rosto crispado de preocupação. Um repórter volante se aproxima do local ajeitando a gravata e o cabelo. Segue-o um *cameraman* focalizando a cena. Os policiais uniformizados, com os dedos nos gatilhos, se aproximam cautelosamente dos homens que se encontram no chão. Susana sai até a esquina e trata de ver quem são esses homens. Um sargento se aproxima e pega-a pelo braço; ela se desvencilha da mão com um gesto indignado. Flores já está de pé, sacudindo o terno com braçadas coléricas. O guarda se desfaz em explicações. Lascano sorri. Susana dá meia volta e se dirige até a porta de sua casa, onde aparece seu filho. Flores parece que está fora de si com tanta raiva, dá uma ordem gestual a seus homens, sobem no Falcon e partem. O guarda faz sinais à viatura para que lhe deem passagem. Aliviados, os dozes policiais retornam às viaturas e partem. O repórter volante ajeita o cabelo enquanto o *cameraman* retorna ao caminhão e se senta no banco traseiro. Lascano torna a olhar para a casa de Miranda. Apoiada no marco da porta, Susana está observando, imóvel e séria. O Cachorro atravessa tranquilamente a rua até ela.

Senhora Miranda, sou... Sei perfeitamente quem você é.

A interrupção foi abrupta e impregnada de rancor. Lascano abre os braços num gesto conciliador, ela começa a fechar a porta.

Espere. O que quer, Lascano? Fui eu quem armei todo esse barulho. E acha o que, que vou te dar uma medalha? Me escute um instante.

Escuto. Fiz toda essa confusão para evitar que sequestrem a senhora, seu filho ou ambos. O que disse? Eu estava vigiando sua casa quando vi Flores com mais dois de emboscada no corredor. Quem é Flores? Pergunte a seu marido quando o vir. Esses caras estão atrás da grana que o Toupeira roubou. E não vão hesitar em fazer qualquer coisa para consegui-la. E você, estava andando ao acaso pelo bairro? Não, eu estou atrás do seu marido. Saiba que ele não vem aqui. Está bem, posso te dar um conselho? É necessário? Creio que sim. Vamos ver. Saia de sua casa por alguns dias, essa gente é muito perigosa e pode ter certeza de que voltarão. Obrigada, levarei isso em consideração.

A mulher fecha-lhe a porta na cara. Lascano sente uma pontada aguda no peito e começa a ficar sem ar. Cambaleia, bate com a cabeça na porta e cai no chão. Susana abre e o vê caído a seus pés. Fernando olha assustado para ele, se agacha e o ajuda a se levantar.

Está bem?

O Cachorro solta o nó da gravata e sente que o ar começa a fluir novamente para seus pulmões. Está empapado de suor. Susana desaparece e, um instante depois, regressa com um copo d'água e uma cadeira de palha. Lascano recusa a cadeira e aceita a água. Bebe em pequenos goles. Ainda respira com alguma dificuldade, mas começa a se recompor.

Se sente melhor? Sim, já vai passar, desculpe. Quer que chame um médico. Não, não precisa. Tem certeza?

Assente com a cabeça. A visão volta ao normal.

Não leve o que eu disse na brincadeira. Esses caras são para ter medo. Está bem, não se preocupe. Outra coisa. O que? Diga a seu marido o que aconteceu e que eu o estou procurando. Ele sabe que comigo, estará seguro. Se o encontrar, eu digo. Está bem. Façam o que eu disse, vão embora agora mesmo.

17

Sentado na espreguiçadeira, nessa varandinha que fez construir com as madeiras que haviam sobrado da obra e que havia se transformado no lugar privilegiado da casa, Fuseli deixa cair a suas costas a *Folha de São Paulo*. Tira os óculos e espera que seus olhos se adaptem à distância. Logo, focalizam a praia: sua mulher, recostada em seu pareô, observa a pequena Victoria construindo um castelo de areia com Sebastião, o filho de Leila. As ondas, a ilhota solitária, atrás o mato da serra, que termina poucos metros antes do mar numa trilha áspera de rocas negras. Pelo céu, correm apressadas nuvens de chuva. A cachoeira ruge acima da estrada. Através da janela da cozinha, chegam-lhe a cantiga que Leila entoa e o aroma do azeite de dendê com o qual ela prepara sua célebre moqueca de camarão. Pensa que a vida se fez boa para ele neste lugar. Este amor que encontrou não está feito do tecido das grandes paixões; foi, isto sim, pacientemente bordado com os fios da solidão emaranhados nas agulhas do companheirismo e abotoado com presilhas de saudade. Um amor tolerante e quieto que não se questiona, mas que tampouco exige, que foi se consolidando no dia a dia, que nunca se propôs outra coisa além de ser e estar, que sempre se soube provisório sem jamais se ressentir disso e com uma missão fundamental: dar à pequena Victoria essa felicidade da qual ele e sua mulher foram desterrados. Seja como for, nunca perde esta saudade de Buenos Aires. Um sentimento – tangueiro, sem dúvida alguma – que o envergonha. O tango é algo que jamais o atraiu, salvo os inquestionáveis tangos duros de Discépolo[38], as milongas de Borges ou as ordinárias cantadas por Rivero[39], sempre em doses homeopáticas. Esse orgulho autocon-

---

38 Enrique Santos Discépolo (1901-1951), autor de clássicos do tango como *Cambalache* e *Yira yira* (N do T).
39 No original, "reas", alusão ao tango *Musa Rea*, de Celedonio Flores, cantado por Edmundo Rivero (N do T).

descendente das letras lhe parece de uma horrorosa falta de pudor. Deplora seu sentimentalismo fácil, seu impressionismo barato e seu moralismo retrógrado, e o pior de tudo é que essas características são as que proclama, orgulhoso, como suas virtudes máximas. Agora, no entanto, em muitas ocasiões, se sente perpassado por uma saudade que lhe soa como um bandoneón.

As notícias de Buenos Aires são ambíguas. Alfonsín mandou processar os comandantes. Essa foto dos milicos julgados por civis, acusados por um alto funcionário opaco e um fedelho barbudo[40], tratados como criminosos, foi a primeira, talvez a única medida de governo que o deixou feliz em toda sua vida. Mas, ao melhor estilo radical[41], tratou de apagar com o cotovelo o que escrevera com a mão, ditando as leis de ponto final e obediência devida, mediante as quais se pretenderam eximir os subalternos das consequências das bestialidades que haviam cometido. No fim, ninguém está satisfeito. Nem os que exigem justiça, nem os militares carapintada[42]. Há rumores e ensaios de levante, conspirações, maus sinais. O presidente da Nação garante que a casa está em ordem, mas até ele deve custar a acreditar nisso. A ilusão esperançada de voltar tenta fazer com que Fuseli creia que é verdade.

O céu se abre e deixa cair uma torrente de gotas gordas sobre a selva, sobre o mar, sobre a praia. Sua mulher se levanta, dá um grito para as crianças e os três se dirigem até a casa num passo tranquilo. Aqui, a chuva não é um acontecimento do qual é preciso se guarnecer; é um fato da vida que se derrama com a maior naturalidade. Como a escuridão. No trópico, a noite não chega, é um gigantesco balde de água negra que, embora aconteça diariamente, sempre cai como surpresa.

Ergue o olhar até o mato, pensa na quantidade de vida que se arrasta por entre as raízes das samambaias, que voa, que rasteja, que

---

40 Respectivamente, Julio Cesar Strassera e Luis Moreno Ocampo, promotores que atuaram no processo contra os ex-integrantes das juntas militares (N do T).
41 Referência à União Cívica Radical, partido argentino de centro ao qual pertenceu Alfonsín (N do T).
42 Oficiais militares que, usando pintura facial de camuflagem, se sublevaram, entre 1987 e 1990, contra o julgamento dos crimes da ditadura de 1976-83 (N do T).

se camufla e se assemelha a disciplinados pássaros nas helicônias ou que, a passo de onça, abre caminho entre as folhas das bananeiras, grandes como orelhas de elefante. Toda essa pulsação de pura animalidade, esse desejo de viver, de se reproduzir, de matar e morrer, toda essa trama de instintos, de aromas que demarcam territórios, olhos como raios, uivos frenéticos ou doces. Toda essa inquietude empapada pela chuva. Os milhares de rumores que povoam esta terra quente na qual nossos antepassados ainda andam pelos galhos de onde, pensa Fuseli, nunca deveríamos ter descido.

Voltar. Mas voltar para onde?, para que? Se voltar, precisaria encarar a questão profissional. Lhe custa imaginar-se novamente diante da mesa de dissecção estripando cadáveres para ver se, dentro deles, encontra a chave de sua morte, as pistas que conduzam a seu possível assassino ou livrem o suspeito. Aqui, fez para si um lugar, um espaço que os da terra generosamente lhe abriram. Para consultá-lo, vêm todos os tipos de pacientes, é o único médico de um povoado sem hospital. Neste lugar, descobriu as dores e alegrias de trabalhar com corpos vivos. Seu trabalho como médico legista era, em muitos aspectos, muito mais tranquilizador. Consistia em ver o que era que o cadáver tinha a dizer antes de ser descartado. Um corpo morto não é mais que um monte de informações a investigar, decodificar, ordenar, sistematizar e registrar, mas o indivíduo em si já não é ninguém. Não tem esperanças, não sofre, não deseja nada, se tornou objeto, é uma coisa já finda que realiza docilmente seu processo de decomposição e regresso à biosfera. É visto, estudado, embalado e despachado a quem decide seu destino. A intervenção nessa carne morta não acarreta nenhum compromisso, nenhuma responsabilidade, nenhuma consequência, pois o futuro desse corpo está, agora, além das possibilidades da ciência. Dado que os mortos evidenciam nossa condição de seres naturais sujeitos às leis da natureza e proclamam nossa impotência perante a morte, estamos sempre muito apressados para ocultá-los em túmulos, mausoléus e sepulcros. Eles representam o que não queremos ver de nós mesmos. Os vivos, por sua vez, exigem certezas, querem que lhes seja dito que ainda não chegou para eles a hora irrecusável de entregar o traje de pele e ossos. Desejam, sentem, sofrem e dirigem ao doutor seus olhares esperançados, seus medos, seu desespero, sua dor, fazem-no depositário dos segredos que os curarão ou que os aliviarão.

Sendo a esperança um componente fundamental de qualquer processo de cura, o médico deve agir como se soubesse, deve transmitir segurança, confortar, dar forças para travar a batalha contra a enfermidade quando o que realmente sabe é um grão de areia no deserto do que ignora.

Este lugar é a vida, enquanto Buenos Aires está, para ele e para muitos outros, impregnada, contagiada pelo horror e pela morte. Lá está enterrado seu filho, uma ferida que não cessa nem cicatriza. Lá ficou Lascano, seu amigo do peito, esticado na rua, baleado como um animal por um grupo de tarefas. Em suas ruas de paralelepípedos, ainda devem ressoar os gritos dos torturados, dos crivados de balas, dos jovens atirados dos aviões ao mar e o pranto de pais, mães, amigos, amantes para sempre saudosos. Voltar para encontrar o que? quem? Os assassinos ainda estão soltos e em boa forma. Quando pensa em sua cidade, lhe ocorre que é um lugar sobre o qual a noite caiu para sempre, e lhe parece uma brincadeira cruel que se chame Buenos Aires.

18

Enquanto desce a Callao até a Corrientes, Lascano pensa que Pedro de Mendoza há de ter desembarcado aqui numa manhã como esta. O céu diáfano, o clima docemente instalado nos vinte e três graus e uma brisa fresca e vivificante explicam que tenham chamado esta paragem de Santa María de los Buenos Aires.

Atravessa a avenida, prefere caminhar pela quadra da praça, onde um grupo de homens e mulheres pratica tai-chi-chuan. Entre eles, há uma moça que, de costas, lhe recorda Eva. Tem uma sensação como que de vertigem, na qual se conjugam desejos e temores. Sente, também, a imperiosa necessidade de ser abraçado. Toma assento num banco e a observa. A moça gira em câmera lenta, parece que suas mãos se apoiam no ar e que seu corpo passou a fazer parte da atmosfera. Se inclina, como em uma reverência cortesã, e estende um braço para a frente, enquanto a perna flexionada se estica para fazer um giro de corpo que a porá de frente. Ao fazê-lo, o cabelo lhe cai sobre a cara, ocultando-a. Outra volta e, novamente, está de costas. Sabe que não é ela, mas fica a contemplar essa dança sob as araucárias da praça que acompanha a lembrança: Eva atravessando a sala de sua casa, mal coberta por uma toalha. Voltou-se e olhou-o nos olhos. Ele teve tanta vergonha que enrubesceu, coisa que a fez rir, dona da situação. Tinha essa atitude desamparada e, no entanto, era, é, um animal selvagem. Podia chorar durante horas com o desânimo mais absoluto para sacudir-se repentinamente em sua dor e tirá-la de cima como se fosse um animal e, se cobrindo de um poder assombroso, curar as dores numa sessão de amor profunda e espessa. Essa mulher lhe expôs o vínculo indestrutível entre o amor e a morte, que nos empenhamos em ocultar detrás de baladas e madrigais.

Regressa à praça onde a moça deixou de bailar em suas lembranças, trespassado pela nostalgia desse amor. Sentimento que o leva pela cabeça à certeza de que isso sempre foi o amor para ele: um acontecimento que se perde tão logo o descobre. Pensa, se pergunta: no fim das contas, não é assim para todos? Não é que o amor morre quando se lhe põe nome, quando se tenta agarrá-lo, quando queremos nos apropriar dele? Não é que o amor, se não mata, morre? Lascano sente que há um grito, um uivo, um rugido de dor que se cravou em seu peito e lhe aperta o coração, que não consegue abrir passagem e escapar, como a lava contida de um vulcão, até encher os céus de cinzas e escurecer a terra para sempre. A morte de seus pais, quando era uma criança; Marisa, sua mulher, morta também no momento em que estavam mais apaixonados e Eva, seu similar, sua sósia, à qual amou tão brevemente mas com intensidade, está agora perdida no mundo. Uma rajada atravessa a praça e o desperta. Deseja e teme encontrá-la. Quem é ela agora, depois destes anos? Terá tido essa filha da qual Lascano não é o pai, mas que lhe importa como se fosse?

O grupo de tai recolhe suas coisas e conversa tranquilamente. O Cachorro se levanta e atravessa em diagonal até o posto de gasolina. Diante do Palácio Pizzurno[43], uma agrupação de homens e mulheres, vestidos com guarda-pós brancos, exigem, com cartazes e fanfarra, que lhes aumentem o salário. Se permitiu esse breve interlúdio de dor para todas as coisas que precisa resolver. Onde encontrar Miranda, o Toupeira, para fazer o dinheiro necessário para sair a procurar Eva. Recorda que ela falava insistentemente de ir para o Brasil, para a Bahia. O mapa que andou olhando lhe revelou que, contrariamente ao que acreditava, a Bahia não é uma cidade, é um estado, e nada pequeno, pelo visto. A busca não vai ser simples, precisa de mais informações. Tem que localizar os pais dela. Eva lhe havia falado de sua infância em Haedo... ou sua cabeça havia fabricado uma recordação à medida de seus desejos, baseando-se no que havia dito Chulo? O certo é que não vai ser fácil achar Miranda nem os pais de Eva, estejam ou não em Haedo. Mas estas são as únicas pistas que tem.

Ao pé das escadas do Palácio dos Tribunais, há moças fantasiadas com togas e cobertas por uma cópia de papelão dos chapeuzinhos acadêmicos. Distribuem folhetos de um programa de computador para advogados. No hall, consulta o relógio, é cedo. Dobra pelo corredor rumo à Lavalle, desce pela escada estreita até o subsolo, onde

---

43 Edifício-sede do Ministério da Educação argentino (N do T).

funciona o Corpo Médico Legal. Na recepção, há um sujeito como que de uns sessenta anos, mas enérgico e falastrão, que masca chiclete e gira sua cabeça para um lado e para o outro, com movimentos de pássaro. Lascano o encara, fazendo sua melhor cara de bobo.

Bom dia. Diga. Estou procurando o doutor Fuseli.

Como se houvesse dito uma palavra mágica, o Pássaro para de mascar, lhe crava um olhar inquisitivo e baixa a voz.

Quem está procurando por ele?

Lascano sente o mundo parar. Estará ali seu amigo?

Sou um velho amigo dele. E como se chama o velho amigo? Lascano. Sabia que era você. Não diga mais nada. Venha às seis a La Giralda[44]*, aqui perto. Sei onde é. Nos encontramos lá.*

O homem retoma sua atitude de pássaro, como se Lascano não estivesse mais ali. O Cachorro entende que é hora de se retirar, dá meia volta e sai pela escadinha pela qual chegou. Regressa ao elevador um e entra na fila. Quando o chamou por telefone, o promotor Pereyra lhe disse que queria falar com ele sobre o caso Biterman. Lhe chamou a atenção essa voz jovem que o tratou com muita familiaridade, como se conhecessem um ao outro, e o fato de que voltasse àquele caso que o Cachorro havia investigado e que quase lhe custa a vida. Biterman, um agiota, havia sido morto por Pérez Lastra, um mauricinho empobrecido que lhe devia muito dinheiro. O facilitador havia sido o próprio irmão do agiota. O cadáver foi deixado num descampado junto a uns jovens que haviam sido fuzilados pelo grupo de tarefas que um amigo de Lastra, o major Giribaldi, dirigia. Mas quando Lascano trouxe à luz o assunto, o milico mandou matar seu amigo e o irmão de Biterman, levando junto a mulher de Lastra e uma ou duas testemunhas casuais. A única coisa que lhe ocorria é que quisesse processá-lo por sua cumplicidade naquela morte. Muitas das provas haviam desaparecido e, na melhor das hipóteses, ainda que improvável, poderia conseguir uma leve condenação por cumplicidade e obstrução da justiça. No fim das contas, contra Giribaldi, a única coisa que se poderia provar era que havia ajudado Lastra a

---

44 Cafeteria portenha (N do T).

esconder o cadáver, pois era impossível seguir o rastro do bando de assassinos que ele então comandava.

Quando entra no gabinete, o promotor está dando instruções a uma jovenzinha de cabelo liso vestida como que para ir a uma festa. O jovem lhe faz um gesto amável e Lascano fica pensando que as coisas estão mudando muito. Antes, esses gabinetes estavam povoados por altos funcionários taciturnos e empoeirados, sempre vestidos de cinza ou de marrom. Agora, os que se aposentam abrem passagem a estes jovenzinhos entusiastas e multicores. Se pergunta se a mudança será positiva. O próprio promotor parece um menino, ou é ele quem envelheceu. Como se o tivesse escutado, Pereyra levanta os olhos e olha para ele. Nesse momento, Lascano percebeu que se haviam visto antes, mas não consegue lembrar onde. Dispensa a moça e não se priva de olhá-la enquanto se afasta, algo digno de se ver. Ao se dar conta de que Lascano percebeu, levanta as sobrancelhas num gesto entre inocente, cúmplice e de desculpas. Vai com a cara do garoto.

Como vai, comissário? Não sou mais comissário. Isso depende: que eu saiba, não foi passado para a reserva, parece que houve um problema com sua ficha funcional, se perdeu e muita gente na Corporação ainda pensa que você morreu. Seja como for, não estou exercendo. Isso é algo que podemos solucionar. Não sei se quero solucionar isso, o último que quis dorme a paz dos justos. Turcheli? Vejo que está bastante a par. Desculpe, nos conhecemos? Já nos vimos. Onde?, você é muito jovem e eu estive fora de ação por um tempo. Eu trabalhava na Vara de Marraco...

Como um flash, esse rosto se sobrepõe à cara do estafeta que guardava processos para o juiz Marraco quando ele investigava o caso Biterman.

Aquele rapazinho fez carreira. Um pouco, se recorda do caso Biterman? Se me recordo?, não passa um dia sem que eu pense nesse assunto. Quase me custa a vida, entre outras coisas, para quê?, para nada, nunca teve andamento. Sabe o que aconteceu com esse assunto? Não tenho ideia. Quando você deixou o envelope com as provas com Marraco, ele as encaminhou diretamente a Giribaldi. Não me surpreende, sempre me pareceu meio servil. Creio que, no fundo, gostava dos milicos. Me encarregou de levar o envelope. E então? Eu entreguei os documentos a Giribaldi, mas fiquei com cópias. Conseguiu recuperar a arma? Lamentavelmente não, foi leiloada pelo Banco de Empréstimos.

Nunca conseguimos localizar o comprador, um cara de Córdoba ou Tucumán. O que quer fazer? Quero processar Giribaldi pela morte do civil. Não creio que chegue muito longe, Giribaldi não matou Biterman, só foi cúmplice de Lastra e mesmo isso não será fácil provar. Todas as testemunhas do caso estão mortas. Todas, salvo uma, você. Me parece que não tem um caso muito sólido. Estamos de acordo, mas minha jogada é outra. Diga-me. Giribaldi foi uma peça importante nos grupos de tarefas. Tem muita informação sobre várias questões que estou investigando. Como? Basicamente, os desaparecidos e seus filhos. E você acha que se o apertar com o caso Biterman, vai lhe arrancar essa informação? Você acha que não? Eu creio que não vai ser fácil, mas também acho que vale a pena tentar. A ideia é essa. Posso contar com você? Para que? Em primeiro lugar, para que testemunhe no caso Biterman. Sem problemas, e em segundo lugar? Vou realizar um procedimento na casa de Giribaldi, vou prendê-lo. Com seu testemunho, peço ao juiz a ordem de busca domiciliar. E? Seria importante contar com sua presença no procedimento. Quero que Giribaldi pense que o mundo veio abaixo. E quando o vir, vai achar exatamente isso. Diga-me, o que eu ganho com isso? Justiça, Lascano, justiça. Essa palavrinha... enfim, conte comigo. Para quando é a coisa? Para breve, eu lhe aviso.

Às seis em ponto, Lascano se aproxima da La Giralda. Quando está para entrar, vê o homem que havia marcado com ele ali, apoiado contra a banca de jornais, fumando um cigarro. Se aproxima, fazendo um esforço tremendo para não lhe pedir um.

Bem, cá estamos, o que tem para me contar de Fuseli? Não sei porque estou fazendo isso. Fuseli sempre foi um cara legal comigo, sempre me tratou bem e, quando pôde, me ajudou. Sabe onde está? Na verdade, não. Então, para que marcou comigo aqui com tanto mistério, tem algo para me dizer? Veja, Lascano, Fuseli se mandou. Ahá. Uns milicos vieram atrás dele, parece que andou metido em alguma bronca com a subversão porque... Como se fosse necessário. Que? Nada, nada, continue. Bom, a questão é que no mesmo dia em que vieram buscá-lo, me telefonou. Ahá. Me disse que se você aparecesse por aqui, lhe desse as chaves de sua casa... Minha senhora fazia a limpeza para ele... Uma vez por semana... Entendo... Bem, aqui estão as chaves. O que lhe peço é que não diga a ninguém que estavam comigo. Não se preocupe. Me preocupo, não quero problemas.

Delinquente argentino

Está bem, obrigado. Outra coisa. Diga. Fuseli ficou devendo à minha senhora porque ela continuou indo à sua casa depois que ele foi embora. Bem, em poucos dias, passo pelos Tribunais e lhe pago.

A casa de Fuseli é um terraço enorme com um pequeno apartamento conjugado na esquina de Agüero e Córdoba. Tão logo abre a porta, o cheiro de umidade e de guardado lhe dá uma bofetada. Está em ordem e quieto. Uma película de pó cobre tudo, uniformizando os objetos com uma pátina cinzenta. Atravessa o dormitório e abre de par em par as portas-venezianas que dão para o terraço. Sai. O céu está frio, liso e brilhante. Neste lugar, teve a última conversa com seu amigo. Aqui lhe explicou sua teoria das estrelas e dos fantasmas. Fuseli dizia que muitas das estrelas que brilham no céu na verdade se extinguiram há milhões de anos e que o que vemos é a luz que ainda viaja pelo espaço. Defendia que as pessoas também emitem uma radiação. E que, depois de mortas, essa radiação continua chegando até os vivos, como a luz das estrelas mortas, e que isso são os fantasmas. Lascano balança a cabeça e se aflora nele um sorriso dolorido. Fuseli, quando fumava um de seus charutos, começava a dar conferências. Contava as coisas mais absurdas como se fossem uma revelação, algo importantíssimo que ninguém poderia deixar de conhecer, uma verdade que está além das misérias e pequenas chateações de todos os dias. *Te fazia se sentir como um micróbio, mas um micróbio único e maravilhoso.* A cantina que havia na Agüero já não existe mais, era um lugar horrível mas Fuseli, que era um gourmet, inexplicavelmente gostava. *Vem, vamos à cantina onde se come mal e é caro mas, isso sim, te atendem com cara de bunda.* Olha para dentro do apartamento. As marcas de seus passos ficaram impressas no pó acumulado no piso. São marcas perfeitas, nas quais se pode ler a marca e até contar as listras da sola de borracha de seus sapatos. O Cachorro pensa que sempre deveríamos olhar as pegadas, os passos que nos conduziram a este presente, a esta situação, qualquer que seja, venturosa ou desgraçada, alegre ou penosa. E se pergunta como se sente. A palavra que se forma em sua cabeça é: abandonado. Lascano sente um calafrio. Entra. Observa. As quatro estantes cheias de livros e fotografias. O filho de Fuseli sorri do marco negro, tem a cabeça um pouco inclinada e segura uma bola verde na qual estão toscamente desenhados os continentes. Em outra foto, está ele próprio, rindo, com Fuseli sentado a seu lado, no meio de um grupo de homens da Federal, comendo numa cantina de La Boca. Contempla esses rostos jovens que a asa da morte, o corrosivo hálito das dores sem remédio, ainda não roçou. Pega por uma ponta o acolchoado que cobre a cama e com um só movimento o faz voar e cair no chão levantando uma nuvem de pó que precipita ao chão em câmara lenta. Se deita na cama, olha o teto. Se sente farto deste estranhamento, desta solidão, de escutar os lamentos. Farto e com raiva, e a raiva o carrega com novas energias, e resolve que chegou o momento de sair a procurar Eva. Esta é sua versão da teoria de Fuseli sobre as estrelas e os fantasmas: Ninguém desaparece sem deixar um rastro, uma marca. Talvez, neste apartamento, possa encontrar alguma pista do paradeiro de seu amigo, mas, antes, quer esgotar qualquer outra possibilidade porque, ao mesmo tempo, uma espécie de pudor o impede de revistar suas coisas, estripar-lhe a intimidade, fuçar seus recônditos, imiscuir-se nas dores e alegrias ocultas, inteirar-se de seus prazeres secretos, conhecer as coisas que ele optou por não lhe revelar.

19

No trem que o leva a Haedo, Lascano olha pela janela e tenta lembrar o endereço que, muito tempo atrás, havia lido no prontuário de Eva. Por mais que se esforce, não consegue recordar o nome dessa rua que tem na ponta da língua. No entanto, com apenas esse dado difuso e a traiçoeira lembrança de suas conversas, havia decidido ir em busca dos pais dela. Sabe que a família tinha uma loja, uma sapataria que ficava perto da estação. Viaja com a esperança de que seu olfato encontre o rastro do amor perdido ou do criminoso foragido. Não se pergunta qual seria sua opção se tivesse que escolher entre um e outro. Sabe que, na batalha entre a razão e a paixão, sempre triunfa a paixão.

Desce do trem e entra num bar, se acomoda no balcão e pede um cortado. Atende-o um rapaz jovem, assombrosamente parecido com Patoruzú[45]. Mói o café, preenche a dose, a prensa, ajusta o suporte manual na torneira e aciona o botão de descarga movendo ambas mãos a toda velocidade, realizando ações simultâneas e diferentes com uma precisão espantosa. O café está horrível.

Tchê, garoto, onde há uma boa sapataria por aqui? Atravessando a estação, parece que há uma, pela Moreno.

O Cachorro atravessa a estação no momento em que dois trens param. O que provém do centro descarrega uma multidão de gente que se atropela para sair da plataforma e corre para ocupar o lugar mais vantajoso possível em algumas das intermináveis filas dos ônibus. Perpendicularmente à estação, e no eixo da sala de espera, pela rua principal, observam os toldos das lojas, competindo descarnadamente para capturar a atenção de quem passa. Caminha lentamente pela calçada estreitada pelas traseiras dos carros estacionados a quarenta e cinco graus. As vitrines estão entupidas de lixo importado. Lascano vai olhando as

---

45 Índio patagônico, personagem de quadrinhos criado por Dante Quiterno (N do T).

lojas, de um e do outro lado da rua, tentando recordar o endereço que havia lido no prontuário. Havia algo em particular pelo qual teria que lembrá-lo, mas o que era? À frente, um menino descalço dá um grito. O verdureiro se volta para olhá-lo, enquanto, a suas costas, um sequaz de seis anos embolsa quatro tangerinas e sai correndo. Lascano o vê passar a seu lado e lhe surge um sorriso triste, e lhe vem à memória uma frase que não sabe de onde saiu: o amor é fruta roubada.

Na segunda quadra, vê. A loja está fechada e parece abandonada. Subsiste o letreiro que, em pretensiosa tipografia inglesa dourada, reza: "Sapataria Napolitano – Calçados finos para damas, cavalheiros e crianças". Então, como uma iluminação, se abre em sua cabeça o nome da rua: Nápoles. Essa era a particularidade: a família Napolitano vivia na rua Nápoles.

Tem sorte, a rua só tem duas quadras, poderiam ter sido vinte. Mas duas quadras são umas cinquenta casas. Também há dois edifícios, um de três andares, outro de quatro, mas os descarta. Eva sempre havia falado de uma casa. Havia mencionado também um jardim na frente, com roseiras, ou se confunde com a lembrança da casa da família de Marisa, em Sán Miguel? Anda rua acima por uma calçada e rua abaixo pela oposta. Só três têm um espaço vazio na frente. Numa delas, o transformaram num lugar para abrigar um Renault 12 vermelho impecável. Se detém na metade de uma quadra, olhando uma casa de um só piso que está afastada uns três ou quatro metros do meio-fio. Uma camada de cimento alisado tingido de ocre cobre agora isso que pode ter sido um jardim. A frente da casa está revestida com uma cobertura que simula tijolo à vista. Lascano percebe que uma mulher olha para ele da janela da cozinha. Atravessa. A mulher desaparece de sua vista. Quando chega junto à cerca, vê: uma pedra Mar del Plata na qual estão cinzelados dois nomes: Eva e Estefanía, com as iniciais entrelaçadas. A encontrou. Toca a campainha. Desde dentro, lhe chega um latido agudo e histérico e o som de uma televisão em volume excessivamente alto. Não há resposta, no entanto. Lascano intui que a mulher que estava na cozinha está agora atrás da porta. É como se pudesse vê-la espremendo um pano de prato entre suas mãos, morta dos nervos, sem se decidir a abrir. Toca mais uma vez, longamente, a campainha. A porta se abre um pouco e bem lentamente. A mulher mal aparece, o rosto dividido em dois por uma correntinha de segurança.

Sim? Boa tarde, família Napolitano? Sim. Você é a senhora Napolitano? Sim, que deseja? Sou um velho amigo de Eva.

A porta se fecha de um golpe. O cachorro começa a latir freneticamente do outro lado. Lascano atravessa a porteirinha da cerca e se aproxima da porta.

Senhora, preciso falar com você... Não tenha medo... sou um amigo... Por favor... O que quer? Falar. Quem é você? Meu sobrenome é Lascano...

Silêncio. A porta se abre lentamente, mas, desta vez, de par em par. Das sombras da casa, emerge uma mulher alta, de cabelo grisalho, que lhe crava um olhar que Lascano já conhece. Essa mulher tem os olhos de Eva.

Ah, sim, é você, achava que estava morto. Ainda estou vivo. Venha, entre. Obrigado, senhora. Pode me chamar de Beba.

O cachorrinho é de uma raça indecifrável. Parece parente distante de um poodle cruzado com uma lambreta. Cheira nervosamente os sapatos de Lascano e, num só movimento, lhe abraça uma panturrilha com as patas dianteiras e começa a fazer frenéticos movimentos de cópula. Beba o ameaça com o pano de prato. O animalzinho se retira alguns passos e fica vigiando-os com olhos nervosos. Está em silêncio, mas todo ele quer latir, espreita qualquer distração de sua dona para atacar-lhe a perna novamente. Outro gesto enérgico de Beba manda-o a passo lento para uma cesta de vime, onde fica à espera. A sala está em semipenumbra. A casa está limpa e em ordem, mas, no ambiente, pesa uma sombra que pinta tudo com uma mão de desalento. Diante do televisor, com o rosto afantasmado pelos raios catódicos, o pai de Eva, de pijama, sentado numa poltrona floreada, olha, absorto, para a tela. Os lábios úmidos entreabertos lhe dão um ar de perplexidade. Não deu nenhum sinal de ter percebido sua presença, não se moveu e parece que nem pisca.

Tome assento, Lascano. Aceita um chimarrão? Obrigado.

O Cachorro a observa. Tem cara de cansada, todos os seus movimentos terminam em curiosos gestos de indignada resignação. É uma mulher madura que não perdeu a graça nem as formas. Continua sendo uma mulher apetecível. Se volta e percebe em Lascano o inconfundível olhar de macho sobre corpo de fêmea. Está boa e sabe disso. Nos olhos, brilha um repentino e brevíssimo fulgor que recorda Eva nesse momento de forma espontânea. Tem seus mesmos olhos verdes brilhantes que, quando te olham, parece que o desenhinho da íris se põe a girar. Lhe estende a cuia com meio sorriso e se senta diante dele, sempre com o pano de prato na mão.

Obrigado. De nada. Em que posso lhe ser útil, Lascano? Quero encontrar Eva.

Beba se levanta de um salto e dá um golpe com o pano de prato sobre a mesa, como espantando uma mosca imaginária. Lhe dá as costas, caminha até o balcão da cozinha, se volta e se apoia no mármore. Esse movimento ressaltou as formas de seu corpo. Lascano contém o olhar. Sabe que virá uma tempestade e aguarda que a mulher o fuzile com as palavras, como já o faz com os olhos. De súbito, se sente sufocado pelo calor.

Veja, Lascano. Por essa porta pela qual você entrou, também entrou a desgraça nesta casa. A verdade é que a desgraça chegou pela mão de Eva, a mais velha. Ela foi quem trouxe essas ideias da faculdade. Eva tinha uma irmã, sabia? Sabia. Sim. Estefanía. Era mais nova. Bem, quando vieram buscar Eva, levaram Estefanía, me entende? Claro. Essa noite, meu marido quis impedir que essas bestas-feras levassem nossa filha. Moeram-no a coronhadas. Olhe, veja como deixaram o coitado. Era um cara bonito, tínhamos a melhor sapataria de Haedo. Por que estou dizendo de Haedo?, de todo o oeste. Até do Bairro Norte vinha gente comprar. Tínhamos tudo de que precisávamos. Ganho honradamente com o trabalho de todos os dias. Eva agora está longe. Estefanía... desaparecida... Eu não posso sair desta casa porque tenho que cuidar desta pelanca em que se transformou o homem que amo. Me entende? Entendo. Não, não entende! Você vem pedir ajuda. Quer encontrar Eva. Todo mundo quer alguma coisa. Todos têm a quem pedir. Eu não tenho ninguém. Minha vida se reduziu a cuidar de Roberto até que morra... e depois, o que, Lascano, depois o que?! Não me diga nada. Depois me dou um tiro. Mas nem sequer tenho um revólver. Este é meu mundo, aqui é onde vivo. Aqui é onde você vem me pedir que te ajude a encontrar Eva. E a mim, Lascano, quem me ajuda?...

Dos olhos de Beba, correm lágrimas duras, grandes, há mais raiva que dor em seus gestos, é uma dor cristalizada pelos anos que foi se tornando cada vez mais surda, mais profunda, mais rancorosa. Lascano conhece perfeitamente esse sentimento, essa sensação de não ter nada pelo que viver, esse véu desgraçado que nos faz enxergar um mundo em que nada mais vale a pena, nem sequer continuar respirando, e se pergunta o que é que mantém de pé esta mulher, que coisa a sustém ainda, que espera da vida? Lascano se dá conta de que, desde que faça a pergunta adequada, a resposta que luta para lhe sair da alma não se fará esperar.

Tem razão, Beba. Perdoe-me. Não me peça perdão. Eu não tenho nada que lhe perdoar. Como posso ajudá-la, Beba? Quer me ajudar? Sim, diga-me. Quer me ajudar de verdade? Sim. Estefanía, quando a desapareceram, estava grávida de seis meses. Eu sei que seu filho nasceu e que é um varãozinho. Como sabe disso? Alguém me telefonou. Me disse que a havia visto numa delegacia de Martínez e que a haviam levado para dar à luz num hospital. Depois, a levaram de volta e, um mês mais tarde, lhe tiraram o menino e a trasladaram. Não faça essa cara, já sei o que quer dizer trasladar[46].

Lascano a contempla em silêncio. O pranto que Beba não quer soltar projeta uma sombra que a envolve e na qual pareceria escutar os ecos das câmaras de tortura.

Você não pode imaginar o que é viver dia após dia, noite após noite, sabendo que os mesmos monstros que torturaram, mataram e desapareceram sua mãe são quem vive com meu neto, lhe dão de comer, o educam... Não há nada que um ser humano tenha feito para merecer isto. O pensamento me revolta, Lascano, e me faz desejar causar-lhes o mesmo sofrimento, mas, ao mesmo tempo, creio que não mereço, tampouco, terminar parecendo com eles. Tento não pensar, não ficar louca. A única coisa que me mantém viva é a esperança de encontrar meu neto. Me entende? Entendo. De acordo. Bem... Nada. Não me diga nada mais. Agora, quero que vá embora. Quero chorar e estar só para chorar.

---

46 No contexto da ditadura de 1976-83, eufemismo primeiro e logo sinônimo de execução pelas forças repressivas (N do T).

20

A Morena havia se comunicado com Gelser e lhe havia dito que precisava vê-lo. A ansiedade por vê-la fez com que Miranda chegasse uma hora antes ao encontro que havia combinado através do médico.

O Cachorro volta caminhando as seis quadras que dista a casa dos Napolitano da avenida. Na esquina, com luz de aquário, brilha a pizzaria Topolino. Se detém um instante a contemplar a cena do *Buenos Aires de Camiseta* de Calé[47] que se cristalizou nesta esquina de subúrbio. Está apinhada de famílias, repleta de crianças que acham que tudo é brincadeira e ameaçam virar as bebidas ou se sujar. Todas as mesas estão ocupadas e também o balcão. Frente a este, se mesclam, incômodos e receosos, os que pedem fatia ou para levar. Os garçons, com bandejas transbordantes de garrafas, copos, jarras em forma de pinguim e refrigerantes, fazem fintas entre as pessoas e as mesas num prodígio de equilíbrio que os malabaristas do circo de Moscou invejariam. Então, o vê: tem o cabelo tingido de amarelo, deixou crescer o bigode e usa óculos falsos de míope, mas é ele. Chulo não havia mentido. O Toupeira está sentado ali, a uma mesa do meio, sozinho. Lascano dá um passo atrás e o espia posicionado junto à janela. Nesse momento, o garçom lhe desce uma grande metade mozzarella, metade fugazza[48] e uma Quilmes Cristal de três quartos de litro. Lascano escorre do lugar pelas costas do Toupeira. Se dirige ao telefone público. O fone está destroçado. Vai até o caixa e pede emprestado o particular. Disca o número da central.

---

47 Pizza de cebola. Pode levar queijo gratinado (N do T).
48 Pseudônimo de Alejandro del Prado (1925-1963), cronista gráfico de costumes da capital argentina nos anos 50, cuja obra mais importante é a série de desenhos mencionada por Mallo (N do T).

Central. Aqui comissário Lascano. Transfira para a Delegacia Haedo... Então me dê o número... Obrigado, quem está respondendo? Obrigado, garoto...

Desliga, murmura um insulto. Se puder evitar, prefere não falar com Roberti. Se pergunta como se chamava aquele cadete que conhecera no treino de tiro, mas o nome parece haver se apagado de sua memória. O moço, que estava a um par de meses de se formar, o havia impressionado pela seriedade. Lhe pareceu que levava essa história de ser polícia demasiado a sério, e sentiu apreensão por ele, pelo que a decepção faria com ele uma vez que estivesse dentro do mundo policial. Demasiadas vezes havia visto: rapazes que entravam cheios de ideais e terminavam transformados em crápulas irrecuperáveis. O garoto o havia procurado várias vezes para pedir-lhe conselho sobre seus assuntos dentro da corporação e Lascano os havia dado lealmente, cuidando para não lhe destruir as esperanças e, ao mesmo tempo, procurando não lhe ocultar a realidade. O garoto deveria saber que a Federal não é um jardim de infância e que tem áreas muito perigosas. Da última vez que o viu, lhe dissera que o haviam designado como escrevente na delegacia de Haedo. Mas como merda era que se chamava? Desiste de tentar recordar e disca o número. No momento em que atendem o telefone na Delegacia, recorda o nome. Fala sem deixar de vigiá-lo.

Chame Maldonado, por favor... Como vai, garoto? Aqui quem fala é Lascano... Lembra de mim?... Quanto tempo... Escuta, preciso de um favor esta noite... Mas não quero que ninguém na Delegacia fique sabendo, sobretudo Roberti... Topa?... Olha, localizei um cara muito perigoso e vou detê-lo... Está em um lugar público e creio que vou conseguir dominá-lo sem que haja barulho... O que preciso é que venha me dar apoio e guardá-lo até amanhã... Em quanto tempo consegue chegar aqui?... Na pizzaria da esquina de Gaona e Las Flores... Não tem como vir mais rápido?... Está bem. Vou ver como faço pra aguentar... Tem carro?... Traga-o... Bom, manda ver.

O Toupeira está comendo a pizza com a mão, ao estilo sanduíche, montando uma fatia de mozzarella face a face com uma de fugazza. O Cachorro come igual. Saca a pistola do cinturão e coloca-a no bolso do impermeável sem soltá-la. Entra na pizzaria pela porta que está às costas do Toupeira. Espera um instante. No estreito corredor que leva até a mesa de Miranda, uma mulher gorda tenta arrastar até o banheiro um tourinho de seis anos que berra e chuta como se o estivessem levando ao matadouro. Quando o caminho está livre, cobre a distância em três passos e se senta diante dele. Saca a arma do bolso e lhe aponta diretamente por baixo da mesa. No Toupeira, se congelou o gesto de levar o sanduíche à boca.

Fica bonzinho, Toupeira. Não faça nenhum barraco. Estou com a arma apontada e há mais três te cercando. Precisava me arruinar a janta, não podia me esperar na porta? Quietas as mãos. Não se preocupe, eu sei quando perdi e não vou fazer nada. Posso terminar a pizza? Termine. Quer? Não, obrigado. Não se importa se eu te tirar a faca? Posso comê-la com a mão. Está armado? Eu nunca ando calçado, Lascano, você não sabe? Os três guardas que deixaram estendidos na outra noite não diriam a mesma coisa. Que três guardas? Os do carro-forte de Villa Adelina. Não sei do que está me falando. Do carro-forte que assaltaram na outra noite, não se faça de idiota. Eu não tive nada a ver com isso. Ah, não? fique sabendo, meu velho, há três presuntos que atribuem a você. É na jurisdição do Chorizo[49], não? Creio que sim. Então fica tudo claro para mim. Ou seja? Estão fabricando um processo contra mim. Você sabe muito bem que meu pessoal anda disperso depois do último serviço. O gordo está guardado e deve estar levando o maior aperto de sua vida. Os outros devem andar tentando se esconder nalgum buraco. Franja? Está morto, um carro o atropelou quando escapava. Puta que pariu. Pelo menos, não tinha família. E você? Eu consegui voar até agora. Sim, voou com cerca de um milhão. É mesmo? Não me diga. Fazemos negócio? Já me conhece, Toupeira, comigo não tem negócio. Me entregue o dinheiro, o devolvo ao banco e falo bem de você com o juiz. Lascano, não me trate como trouxa. Por que está fazendo isto? Pela grana. E eu, o que estou te oferecendo? Grana suja. Se o banqueiro me dá, é grana limpa. Sim, limpinha como o mictório da estação Retiro. Te dou o dobro. Não enche, Toupeira, não há nem vai haver acerto. Então, sinto muito. Vou precisar da bufunfa para bancar minha família e os advogados, agora que o Chorizo quer me jogar no colo esses presuntos, vou precisar de um monte de dinheiro.

---

49 A palavra *Chorizo*, que significa lingüiça, é usada, no jargão dos setores marginais argentinos, também como variante de *chorro* (jato, em tradução literal), que significa ladrão ou bandido nesse mesmo jargão (N do T).

O Toupeira termina sua fatia. Com gesto impaciente, limpa a boca com um guardanapo de papel e procura algo em seus bolsos. Lascano engatilha a pistola. Miranda percebe o "clack" inconfundível do gatilho.

Calma, estou procurando cigarros. Está bem. Não, não está bem, terminaram. Você tem? Parei. Verdade mesmo que não foi você o do carro-forte? Olha, Lascano, nunca matei ninguém e vou te contar porque, embora você já saiba, por algum motivo escolheu este lugar cheio de famílias e de crianças para me prender. Sabe que num lugar assim eu não vou armar nenhuma confusão que os ponha em perigo. Eu já estou velho, já passei muitos anos lá dentro. Creio que desperdicei minha vida. Não pude estar com meu filho, vê-lo crescer, acompanhá-lo à escola. Minha mulher segurou sempre a onda, mas ela também está velha. A verdade é que eu não quero mais saber de nada. Sabe com que sonho? Não, com que você sonha, Toupeira? Com meus netos. Vai me fazer chorar, depois que ficou loiro, está muito sensível. É sério, Cachorro, me imagino levando um garotinho de dois aninhos para dar seus primeiros passos pelo bairro. Me vejo caminhando atrás dele, protegendo-o à distância, observando como se move, como reage ao que encontra, ensinando-o a caminhar pela rua, treinando-o. Não para que seja um bandido, mas tampouco um bobo. Entende? Entendo. E o que eu não quero é que, nesse momento, me apareça alguém pelas costas para me meter dois balaços na nuca. Está explicado? Seria uma lição muito ruim para o garoto, você não acha? Muito comovente, Toupeira, mas, por hora, o que te cabe é a prisão. E a você, cabe ir receber do banqueiro. Cada um na sua. Quer me dizer que diferença há entre que te pague o ladrão que sou eu por me deixar ir embora e que te pague o ladrão que é o banqueiro? Muito simples: que pela grana do banqueiro ladrão, não vão atrás de mim, e pela sua, sim. Mas a minha é o dobro, é mais negócio e ninguém tem porque ficar sabendo. Mas eu não sou homem de negócios, Toupeira, concebo as coisas de outro modo. O que eu não entendo, Lascano, é como se pode ser tão inteligente e tão idiota ao mesmo tempo. Há muitas coisas na natureza que são difíceis de entender.

Lascano vê Maldonado entrando às costas do Toupeira e lhe faz um gesto com a cabeça. Olha o ticket que o garçom deixou no copo dos guardanapos e põe embaixo umas notas.

É meu convidado, Toupeira. Já estás gastando por conta, Cachorro, isso não se faz. Maldonado, você fique atrás, eu vou na frente. Se ele se fizer de bobo, meta bala nele aí aí mesmo, entendido? Entendido. Saímos pela porta da esquina. Onde deixou o carro? Na Las Flores, a dez metros daqui. Vamos.

Quando saem à calçada, a algaravia do local se cala e uma brisa gelada os envolve. Maldonado se mantém atento atrás do Toupeira com a .45 na mão e olha para Lascano, esperando uma ordem. Mas quem fala é Miranda.

Quer dizer que eu estava cercado, hein? Ganhou de mim no grito, Cachorro, me aprontou uma boa.

Lascano sorri para ele. O Toupeira olha ao redor, como que procurando uma rota de fuga e sabendo que não vai encontrá-la. A qualquer momento, começa a chover. Atravessando a rua, há uma banca de cigarros.

Me deixa comprar cigarros? Lá dentro, vou precisar de companhia. Eu compro pra você, o que você fuma? Suaves, qualquer um.

Lascano faz um sinal para Maldonado. Saca um par de algemas e o Toupeira põe as mãos detrás das costas para que as coloque. Caminham até o carro. Lascano lhe indica que se sente no banco dianteiro. Maldonado fica a dois metros do carro sem tirar os olhos de cima do Toupeira. O Cachorro atravessa até a banca e compra três maços de Marlboro Box e um isqueiro descartável. Retorna. Maldonado espera, uma vez que Lascano se senta bem atrás de Miranda, toma posição ao volante. O Toupeira, desconfortável pelas algemas, está sentado meio de costas.

Miranda pede permissão para fumar. Lascano tira o celofane do maço, abre-o, saca um Marlboro e o acende, experimentando um poderosíssimo *déjà vu*. Reprimindo o intenso desejo de tragar a fumaça, põe o cigarro nos lábios do Toupeira. Miranda aspira uma profunda tragada que, ao exalá-la, enche a cabine de fumaça e envolve Lascano como a recordação de uma vida passada.

Rapazes, sabem do que eu mais gosto na vida?... Dar dinheiro de presente. Isso porque você não tem classe, Toupeira. As pessoas finas dizem que dar dinheiro de presente é de mau gosto. Isso quem diz não são as pessoas finas, mas as pessoas ricas. Porque os ricos não gostam da liberdade. Ah, não? Não, Cachorro, quando você dá dinheiro de presente, está dando liberdade. Como assim? Sim, a liberdade de escolher, que é a única verdadeira liberdade. Veja só que interessante. Claro, quando te dão dinheiro vivo, estão te dando de presente em que, com quem, onde gastá-lo. Com qualquer outro presente, estão te dando também sua função. O outro fica obrigado a usá-lo, a cuidar dele, a conservá-lo. Os objetos presenteados embutem uma proibição: dá-los a outro. São uma lembrança constante de que você ficou com uma obrigação para com quem o deu. Uma coisa dada de presente tem um quê de maldição. A grana, não.

Lascano o escuta em silêncio, com meio sorriso. Maldonado lhe dirige um olhar pelo retrovisor.

Attenti, garoto, agora vai querer nos dar grana de presente. E o que tem isso? Tem que é uma contradição em sua própria filosofia, Miranda. Por que? Porque não vai nos oferecer esse "presentinho" a troco de nada, mas com a condição de que te soltemos. E daí? Como "e daí", dar dinheiro de presente não é dar liberdade? Sim. Bem, a única liberdade que você está propondo aqui é a sua. Porque para nós, custa todas as coisas nas quais escolhemos livremente acreditar. Não tem negócio, Toupeira, eu lamento. Mais lamento eu.

Cinco minutos mais tarde, entram na Delegacia. Maldonado fala com o oficial de guarda e leva o Toupeira a uma cela individual. A entrada não se registra no livro de detidos. Lascano e Maldonado saem juntos, sobem no carro e vão até a estação de trem. Ao descer, o Cachorro lhe garante que, amanhã, virá buscá-lo.

M

21

Acorda tarde. O corpo protesta como se tivesse passado por cima dele a sétima cavalaria. O dia anterior havia sido demais para qualquer um. Deixou a pensão e se mudou para o apartamento de Fuseli, estava certo de que ele teria preferido assim. O encontro com os pais de Eva foi o grande golpe, e a cereja do bolo, pegar o Toupeira desprevenido. Agora, não tem um minuto a perder: um sujeito como Miranda tem mais manhas que uma cafetina. Olha a hora. Disca o número de Pereyra. Pensa em lhe pedir uma ordem e a designação para trazê-lo da Delegacia de Haedo até os Tribunais. Depois de depositá-lo na cova dos leões, irá ver Fermín para receber o que falta. Tem muito poucas esperanças de encontrar algo do dinheiro do roubo, melhor dizendo, nenhuma. A secretária eletrônica atende. Deixa dito que se comunique com ele o quanto antes.

Vanina passou os vinte minutos que Marcelo está atrasado suportando estoicamente os olhares babosos dos advogados que enchem o café. Havia se proposto ter essa conversa com a melhor atitude, a mais amorosa, mas a espera e o assédio visual puseram-na de mau humor. Faz uns dias que um cara veio à faculdade dar uma aula de teoria das cores. É um arquiteto de uns quarenta e cinco anos, que largou a construção para se dedicar à pintura. Se posta frente à turma com sua barba com fios loiros, seu pulôver de gola alta e suas botinhas Clark de camurça. Não sabe como aconteceu, mas foi vê-lo em seu ateliê de San Telmo para tomar aulas de pintura com ele e acabaram na cama. Agora, acredita que deve terminar com Marcelo. Anseia ficar livre para viver este novo amor e esta descoberta do infinito mundo da arte pelas mãos de Martín. Não sabe se diz isso a Marcelo, finalmente resolve que decidirá na hora. Olha novamente o relógio, meia hora já lhe parece demais, faz um sinal ao garçom para que traga a conta. Se sente aliviada por não ter que encarar o problema imediatamente, mas não dura muito, Marcelo está entrando no Usía.

Traz o cabelo revolto e uma montanha de papeis debaixo do braço. Sente por esse rapaz um relâmpago de ódio, por tudo o que gostaria que fosse e não é.

Desculpe, desculpe, desculpe. Você não tem jeito, Marcelo. Desculpe. Já estava indo embora. Por sorte não foi. Não sei se chamo isso de sorte. Que houve, Vanina? Houve que quero terminar. Terminar o que? Não se faça de idiota, quer? A relação, o que mais seria? Por que? Porque não vai nem para trás, nem para a frente. Isto é porque cheguei quinze minutos atrasado. Meia hora. Meia hora. Não é por isso. Então, porque é? É por você, por mim, por nós. Eu não creio que com você possa construir o tipo de vida que quero. Que tipo de vida quer construir? Não sei, mais poética, mais artística. Você passa a vida submerso em papeis. Olhe para você. Se envolveu com outro, Vanina? Não. Não tente me enganar. Te juro que não, Marcelo. O que houve a noite passada? Não houve nada. Ficou de aparecer em casa, não apareceu, não telefonou. Não parece ter se preocupado muito. Te liguei, você não respondeu. Liguei para seus pais. Sua mãe não sabia o que me dizer. Mas você é um promotor até quando estamos na cama. Não, Vanina, estava preocupado. Por que ligou para a casa de meus pais? Já te disse... Olha, eu preciso de mais liberdade. Diga-me a verdade. A verdade é que não te amo mais. Tem certeza? Sim, desculpe. Não há nada a desculpar. Teríamos que conversar mais, mas tenho que ir. A culpa é minha que me atrasei. Se você quiser, nos vemos mais tarde. Não sei, tenho muito para estudar. Bom. Está bem? Não sei. Bom, qualquer coisa, me liga? Qualquer coisa, te ligo.

Marcelo olha-a saindo do café. Não tem dúvidas, definitivamente alguém atravessou seu caminho. Se sente pesaroso. Vanina é tudo o que ele imaginou numa mulher. Sempre acreditou que acabaria se casando com ela, tendo dois ou três filhos. Isto é algo totalmente inesperado. Olha-a atravessando a rua e desaparecendo entre a multidão que circula pela zona dos Tribunais. É assim que alguém sai da vida da gente? O batom vermelho deixou impressos seus lábios na xícara de café. O dia começa sob a sombra de um amor que se perde. A perspectiva de ter que arrostar os problemas do trabalho transmuta a tristeza num formidável ataque de mau humor que o faz saltar da cadeira.

Enquanto entra em seu gabinete, começa a tocar o telefone. Pega o fone com violência, escapa-lhe da mão e cai a seus pés. O recolhe, ainda toca, aperta uma tecla como se fosse o detonador da bomba atômica.

Sim... O que foi, Lascano?... Estou chegando à promotoria, estava pensando em telefonar para você agora mesmo... Está bem, depois falamos, agora há algo urgente... Imagino, mas não posso interromper isto... Giribaldi é hoje... Esta tarde... Quando chegar à promotoria, organizo tudo e te ligo... De acordo... Não há problema... Melhor... De acordo... falamos daqui a pouco.

Lascano termina de tomar banho. Se olha no espelho. Todos os dias, dedica uns momentos a essa ferida que lhe enfeita as costas. É como uma ilha pálida em forma de meia lua. Se tocá-la no centro, ainda dói, nas beiradas é absolutamente insensível. A propósito de não se lembra o que, uma vez Fuseli lhe disse que as feridas existem para nos recordar que o passado existiu. Agora, enquanto se veste, sente que o passado lhe cai em cima. Num instante, estará com Pereyra dando um susto no homem que ordenou sua morte. Nada menos que o temível Giribaldi, homem repetidamente mencionado nas páginas do *Nunca mais*[50]. Famoso por dar a suas vítimas lições de moral, aparelho de choque nas mãos. Ele havia escrito na parede de sua sala de torturas: *Se sabe, conte, e se não, aguente.*

---

50 Relatório da Comissão Nacional Sobre o Desaparecimento de Pessoas (Conadep), instituída pelo governo Alfonsín para investigar os crimes da ditadura de 1976-83 e presidida por Ernesto Sábato (N do T).

22

A tarde está negra de tormenta. Como se estivesse sincronizado, quando sai do edifício, a rua é iluminada por um relâmpago, soa um trovão e cai uma chuva que parece suja a Lascano. Sente um calafrio, lhe parece que há maus sinais no ar, tem o pressentimento, quase a certeza de que algo grave está para suceder. Levanta a gola do casaco e sai a caminhar pela rua Agüero acima, em direção à Cabrera. Quando aborda o táxi, lhe chega a náusea que é uma antecipação da que sentirá quando tornar a se encontrar com Giribaldi, dentro de alguns minutos. Quando o táxi para, a chuva se transformou num véu suspenso na atmosfera que tudo toca, tudo molha. Na porta do edifício, há duas viaturas e dois Falcon sem identificação. Marcelo conversa com um oficial fardado e quatro policiais de baixa hierarquia aguardam num canto, fumando e conversando. Há inquietude, Lascano não é o único que sente a tensão. O que não daria agora por um cigarro. Marcelo o cumprimenta com um aperto de mão pálida e fria, pega-o pelo braço e atravessam a porta que o encarregado do edifício segura. Seguem-nos o oficial e um dos policiais. O porteiro vai atrás e fica esperando que os quatro homens subam no elevador. Quando o indicador de posição aponta que estão no primeiro andar, pega o interfone e aperta um botão.

Giribaldi está revisando as provisões de artigos de limpeza quando o interfone o sobressalta. O porteiro lhe sussurra que a polícia está subindo até seu apartamento. Sai velozmente da cozinha, atravessa o corredor com quatro passos largos, entra no escritório. Procura a caixa em que guarda a pistola, saca-a, verifica que está carregada, engatilha-a e coloca-a na gaveta grande da escrivaninha. Soa a campainha. Toma ar. Caminha lentamente até a porta e abre-a.

Sim. Boa tarde. Tarde. O senhor Leonardo Giribaldi? Ao seu dispor. Sou Marcelo Pereyra, titular da Promotoria Criminal e Correcional número três, tenho um mandado de busca domiciliar. Nos permite entrar? Entrem. Há mais alguém em casa? Estou sozinho.

Como se estivessem executando uma coreografia bastante ensaiada, Giribaldi fica de lado para franquear a entrada, Marcelo e Lascano abrem passagem aos policiais para que entrem primeiro. Giribaldi olha fixamente para Lascano: reconheceu-o. Pereyra lhe faz um gesto para que vá adiante e seguem-no até o primeiro cômodo. O militar se senta frente à escrivaninha e, com a mão, os convida a tomar assento diante dele. O oficial de polícia aparece e faz um gesto para o promotor, dando-lhe a entender que revistou a casa e que está tudo sob controle. Marcelo começa a recitar-lhe as fomalidades legais mediante as quais lhe informa que está preso. Giribaldi olha-o com atitude distante, absolutamente indiferente ao que diz. Baixa o olhar, pela fenda que deixa a gaveta entreaberta, pode ver o cabo negro de sua temível Glock.

Para Lascano, parece mentira que esse homem seja o mesmo que teve tantos em suas mãos, que dispôs a seu bel-prazer de tantas vidas, de tantos corpos. Mas agora, sentado diante dele, pareceria que não restam vestígios daquele verdugo implacável e seguro. Do outro lado da escrivaninha, há um homem acabado. O brilho cruel de seu olhar se apagou e esses olhos só expressam um ressentimento morto. Já não resta nada, nada a esperar, nenhuma esperança. Repentinamente, crava o olhar em Lascano e, com tom de caserna, interrompe Marcelo.

Eu te conheço. Sim, já nos vimos. Você é Lascano, o policial traidor que protegia uma subversiva. Desculpe, mas o acusado agora é você. Se você acha que isto termina aqui, eu lhe digo que está completamente enganado.

Lascano se põe em guarda. Lentamente, leva sua mão ao coldre axilar. Pode ler nos olhos de Giribaldi que detrás dessa calma aparente, o cara está completamente fora de si. Aqui, pode acontecer qualquer coisa. Marcelo retoma a leitura. Giribaldi se levanta, dá meia volta, abre a janela e retorna a seu assento. Sorri, depreciativo.

De repente, senti um mau cheiro. Cheiro de merda de traidor. Vocês não devem perceber pelo hábito, mas, para mim, é insuportável.

Giribaldi baixa novamente o olhar. Agora, nada menos que Lascano é quem vem lhe dar o tiro de misericórdia, acabar com o pouco que resta de sua vida. Esta é a derrubada, o último ato. Levanta o olhar da pistola e se encontra com os olhos de Lascano. Sua mente se acelera, como sempre que está para entrar em ação. Como um desafio, se pergunta se terá tempo para pegar a pistola, engatilhá-la e atirar em Lascano e Pereyra antes que possam se defender. Em geral, nunca hesita, agora vacila. Imagina o estampido. A 9 mm é uma arma ruidosa.

Giribaldi não responde nenhuma das perguntas que lhe faz Pereyra. Nem sequer as escuta. Olha-o, resignado e, ao mesmo tempo, como que surpreendido pela insolência desse jovenzinho. Se levanta e se aproxima da janela. Observa as viaturas, os Falcon e o efetivo policial abaixo, na rua. Olha a hora. A qualquer momento, chegará Maisabé com Aníbal. Torna a se sentar diante da escrivaninha, se acomoda na cadeira giratória e olha Marcelo e Lascano com olhos opacos. Marcelo, com um gesto de impaciência, se levanta e sai do cômodo. A situação estava prevista. Giribaldi se dá conta de que vai buscar os fardados para levá-lo preso. Como um flash, aparece, em sua mente, a imagem de Videla na TV, algemado, entrando nos Tribunais como um ladrão qualquer.

Me escapou, Lascano... Tive sorte... Como todos vocês, ganhamos a guerra mas parece que vão nos derrotar na paz. Aqui não houve nenhuma guerra, Giribaldi. Esta paz, esta "democracia", Lascano, conseguimos nós. Os civis ficaram em suas casas com o rabo entre as pernas quando os bolches vinham degolando com bombas e sequestros. Não enche, Giribaldi, o que vocês fizeram não tem justificativa. Agora, os que deixamos vivos, como você, são os que vão nos julgar, percebe?, mas a culpa é nossa, deixamos o serviço sem terminar.

De súbito, o rosto, o olhar monstruoso desse homem sem piedade, se transforma numa careta como de riso, dolorosa e ao mesmo tempo de assombro pelo próprio gesto. Uma corrente gelada corre pelas costas de Lascano. Segura o cabo de sua pistola. Como uma súbita iluminação, é tomado pela certeza de que um dos dois não sairá vivo dali. Lhe passa pela cabeça a imagem de um duelo de um filme de cowboys. A mente de Giribaldi está vazia e em silêncio, mas, num instante, tem a sensação de que, dentro dele, descarrilou uma locomotiva, sua jugular se inflamou.

Veja, Lascano, isto é algo que jamais poderá esquecer...

Age a toda velocidade, como só ele sabe fazer: se levanta de um só golpe, empurrando a poltrona contra a parede, pega a pistola, saca-a da gaveta, enfia o cano na boca e...

Lascano mal tem tempo para sacar meia pistola da cartucheira quando Giribaldi voa e cai sentado em sua cadeira, sua cabeça ricocheteia contra o encosto e cai sobre o peito. Das fossas nasais, surgem dois jatos de sangue que escorrem sobre sua camisa, a pistola voa de sua mão e cai, os braços ficam-lhe pendendo dos costados. A bala, ao abrir passagem através das paredes do crânio, desenha na parede um mandala sangrento que emoldura a face morta de Giribaldi Como a aura de um santo macabro. Silêncio. Ruído de passos. Irrompe Pereyra, seguido por dois policiais.

Merda! Que houve? Sacou uma pistola da gaveta e estourou os miolos. Não me deu tempo para nada.

O Cachorro não consegue sair de seu assombro, mas sai do quarto. Pereyra ordena que chamem o legista. Por um momento, como um automatismo esperançado, Lascano imagina que, como tantas vezes no passado, será Fuseli quem virá. Caminha até a sala e se deixa cair numa poltrona. Diante dele, está a flâmula do Colégio Militar, o torreão parecido com uma peça de xadrez, ladeado por dois ramos de louro. Pereyra se aproxima, se senta, saca um maço de cigarros e oferece um a Lascano. Olha para o maço como para uma amante puta que o abandonou. Resiste, resiste. Estica a mão, e, um momento antes de pegar o tabaco, ergue a palma em um gesto de recusa. Está transpirando. Se levanta, vai até a janela, abre-a e sai à varanda. Embaixo, junto à viatura, uma mulher com um menino fala com o subcomissário. O oficial dá meia volta e entra no edifício. Lascano, na sala. Pereyra apaga o cigarro. O Cachorro atravessa a última tragada de fumaça e inpira profundamente. O apartamento se encheu de policiais. O que estava falando com a mulher abre passagem até eles.

Senhor, lá embaixo, está a mulher com o filho. Não deixe subir, já vou.

Pereyra e Lascano se olham, consultando-se sobre quem vai lhe dar a notícia. Sem falar, combinam que o Cachorro o fará por ter mais idade. Como se o fato de estar supostamente mais perto da morte lhe conferisse maior autoridade. Descem em silêncio no elevador. Ao chegar ao térreo, Marcelo abre a porta e lhe cede passagem. Uns metros mais adiante, na calçada, de costas, está Maisabé; de um lado, uma mulher policial; de outro, o menino. Começam a caminhar até eles, a mulher se volta e olha para ele, interrogando-o. Marcelo pega o menino pela mão e lhe pede que o acompanhe. Maisabé tem a vista cravada nos olhos de Lascano.

Está morto? Sim, senhora. Você o matou? Não, senhora, se suicidou. Se dá conta do que fez?... Você teria que tê-lo matado... Como é? Você deve ser um herege, por isso não se dá conta. Do que tenho que me dar conta? Condenou sua alma. Como assim? Os suicidas não vão para o céu!... Sinto muito, senhora. Você não sente nada e isso se nota. Me perdoe. Que Deus o perdoe.

A mulher lhe crava um olhar furioso, vira-lhe as costas e caminha decididamente até a viatura, onde uma oficial conversa com o pequeno. Marcelo se aproxima de Lascano.

Isto terminou mal. Poderia ter terminado diferente, Lascano? Seguramente, não. Ao fim e ao cabo, nossa história sempre termina caindo em cima de nós. O que pensa em fazer agora? Me sinto muito cansado, esgotado. Só o que desejo agora é um banho e uma cama.

Uma noite em claro aguarda Pereyra. Se despedem com aperto de mãos. Lascano caminha até a esquina onde, movido não sabe pelo que, se volta e vê Pereyra falando com a oficial, que assente e se dirige ao edifício. Nesse momento, o menino se volta e olha para ele. O coração do Cachorro para. Esses olhos! Esse ar entre desafiante e melancólico, mas, acima de tudo, esse olhar. Será possível? O vê desaparecer detrás da porta pela mão de Marcelo e se sente esgotado, acabado. Passa um táxi, chama-o, sobe. Sobre o painel, há um maço de Lucky Strike. *Ma si.* Lascano pede um cigarro que o chofer lhe cede de má vontade. Acende-o e se esparrama no banco traseiro. A suas costas, a esquina desta tragédia começa a se converter em passado.

23

Uma vez e outra, durante toda a noite, um sonho recorrente desperta Lascano. Avança totalmente nu por um estreito corredor de névoa, que parece não ter fim. Repentinamente, na bruma, se delineia uma figura com forma humana, também cinza, que leva uma lança com incrustações de pedras preciosas de todas as cores. O homem sem rosto lhe aponta a lança enquanto lhe diz: *Se não fizeres algo com tua vida, te tirarei ela.*

Pela manhã, ao se barbear, faz um corte perto dos lábios do qual jorra sangue em abundância. Deixa-o escorrer e, no espelho, vê a si mesmo como um vampiro dos filmes B que assistia nas sessões contínuas de seu bairro quando era menino e esta vida era inimaginável.

Resolve ir buscar Miranda. Antes, precisará se encontrar com Pereyra para que expeça as ordens que transformem sua captura em detenção legal.

No escritório de Marcelo, lhe informam que não o esperam antes do meio dia. Telefona para sua casa, mas responde a secretária eletrônica; deixa-lhe uma mensagem na qual lhe informa que o esperará. Sai do Palácio, entra no café Usía e começa a ler o jornal.

Está para terminar o *Clarín* quando Marcelo chega, se senta diante dele e pede um cortado meio a meio.

E então, como terminou a noite? Não terminou, estou sem dormir. Sabe uma coisa, Pereyra? Diga-me. Estou quase certo de que esse menino não é filho dos Giribaldi. Por que diz isso? Para mim, é apropriado. Por que? Percebeu que, ontem à noite, em nenhum momento prestou atenção na que se supõe ser a mãe? E o que quer dizer isso? As crianças, quando há uma situação tensa, olham para os pais para saber a que se ater. É algo natural. Bem, esse não fez isso. Não o observei. Eu sim. Além do mais, vou te contar uma coisa. Que coisa?

O menino tem uma grande semelhança com gente que conheço de quem roubaram um neto no COTI Martínez. E você acha que é ele? A verdade é que não tenho certeza de nada. Vai ver, são meus próprios desejos de que essa gente o encontre. Quem são? Uma família de Haedo, de sobrenome Napolitano. Diga a eles para me telefonarem e fazemos o exame de DNA. De acordo. Eu queria lhe falar também de outra coisa, da questão de Miranda. De quem? Miranda, o Toupeira, o assaltante de bancos...

Em poucos minutos, Lascano lhe explica a situação. Combinam que darão ao chefe da Delegacia Haedo o crédito pela prisão e que o próprio Lascano se encarregará do traslado. O promotor lhe adverte que fará de conta que não escutou nada sobre a detenção ilegal de Miranda, mas que é a única irregularidade que vai deixar passar. Lascano assente e se felicita por não haver dito nada da recompensa. Não ocorre a Marcelo perguntar porque o havia prendido. Talvez porque, entre eles, se havia estabelecido o vínculo típico dos que colaboram na aplicação da lei. Marcelo lhe empresta seu carro e ordena a seu chofer e a um policial da intendência dos Tribunais que acompanhem Lascano para buscar Miranda. Sobe no carro, partem. Na janela, passa um filme interminável de vidas alheias.

Enquanto isso, em sua cela, o Toupeira fuma um cigarro e espera tranquilo. Passa um policial de baixa hierarquia. No escritório contíguo, Peloski, o oficial de guarda, chega com um maço de papéis para pegar o plantão. Miranda faz um sinal ao guarda.

Tchê, garoto. Que foi? Faça um favor pra mim e também pra você. Que favor? Quando Roberti chegar, diga-lhe que Miranda, o Toupeira, está aqui, é importante. O comissa vai te agradecer. Se o vir, lhe digo. Obrigado.

O Toupeira olha-o a se afastar pelo corredor e sorri. Peloski escutou parte da conversa. Quando o guarda passa por seu posto, intercepta-o com um gesto.

Com quem estava falando? Com o preso. Há um preso? Maldonado o trouxe ontem à tarde. Falou com Medina. Deixou-o e foi embora.

Com um golpe de vista, Peloski revisa o livro de guarda. Não há ninguém registrado no item "detidos".

O que te disse o preso? Que quando visse Roberti, lhe avisasse que o Toupeira está aqui. O Toupeira, te disse? O Toupeira. Que mais te disse? Mais nada, que o comissa ia me agradecer. Está bem. Me faça um favor, vá até o arsenal, veja se Gómez está lá e diga que quero falar com ele. Sim, senhor. O Senhor está no céu.

Ir e voltar até o arsenal não vai lhe tomar menos de quinze minutos. Tempo mais que suficiente para o que Peloski planeja. Quando o mecanismo de molas fecha a porta com um golpe, contorna o balcão e caminha uns passos pelo corredor dos calabouços até que vê o Toupeira sentado, fumando tranquilamente. Ergue o olhar e o cumprimenta com a cabeça. Peloski não tem mais dúvida alguma. É Miranda, o Toupeira. Volta ao balcão no posto de guarda. Ao passar, abre a porta e se certifica que ninguém vem vindo pelo corredor. Pega o telefone, disca um número.

Alô, comissário. Aqui é Peloski... Escute. Aqui na Delegacia, temos um peixe muito interessante... Está pronto para o forno... Eu, se fosse você, viria logo... Já sei, já sei, mas este vale a pena... Ouça o que eu digo, venha para cá... Está bem... Não se preocupe... Tudo bem... te espero... manda ver.

Lascano desce do carro e toca a campainha. Beba abre a porta imediatamente e fica de lado para deixá-lo passar. Ao vê-lo entrar, o poodle da casa sai correndo com passos de brinquedo e se enfia em sua casinha.

Alguma novidade? Não muita, Beba. Ontem à noite, estive num procedimento para prender um militar que atuou no COTI Martínez. E então? Bem, foi uma coisa terrível porque o cara, antes que pudéssemos fazer qualquer coisa, pegou um revólver e deu um tiro em si mesmo. Para que está me contando isso, Lascano? É que com o milico e sua mulher, vive um menino que dizem que é seu filho. Por sorte, quando aconteceu tudo isto, o menino não estava na casa, mas depois chegou. E daí? Não sei, não quero lhe criar nenhuma falsa expectativa, Beba. Mas? Mas esse menino se parece muito com você e também com Eva, mas não tenho certeza. Vai ver, é algo que imaginei. Quero vê-lo. Olhe, o caso está nas mãos do promotor Marcelo Pereyra. Ligue para ele, eu já o pus a par da busca que você está fazendo e ele sabe que você vai procurá-lo. Aqui está o número. Obrigada. Não tem nada a

Delinquente argentino | 173

me agradecer, lhe recomendo que não crie ilusões. Me parece que não necessita mais sofrimento do que já teve. Deixe que eu decida isso. Como achar melhor. Posso lhe pedir algo? Diga. Uma foto de Eva.

Beba vai até seu quarto e regressa, instantes depois, com uma foto. Eva de biquíni, num terraço com sombrinhas sobre a praia. Em seu regaço, cai a sombra do homem que tirou o instantâneo. Como a emoção começa a tomá-lo, Lascano enfia a foto no bolso.

Num impulso que surpreende Beba e a si próprio, Lascano lhe dá um beijo na face, dá meia volta e sai da casa. Quando está para abrir a porta do carro, ouve a voz de Beba chamando-o. Se volta.

Venha aqui um segundo.

Vinte minutos depois da ligação de Peloski, Roberti entra na Delegacia. Se houvesse chegado um pouco antes, haveria cruzado com o guarda que deveria lhe dar o recado do Toupeira e que Peloski havia designado para uma tarefa só para tirá-lo de perto. O oficial sorri para o comissário.

Quem é? Miranda, o Toupeira. Não brinca comigo. Quem o trouxe? Lascano com Maldonado. O Cachorro? O próprio. Achei que o haviam matado. Está firme e forte. Mas na corporação, o dão por morto. Trabalha por conta própria. Registraram no livro? Não lhe disse que está pronto para o forno. Veja só você. Não deixe que ninguém me incomode. Deixa comigo, mas depois não se esqueça dos pobres.

Peloski aponta para os calabouços com o dedo, como se essa indicação fosse necessária. Roberti se enfia no corredor, caminhando a toda velocidade. Quando vê o Toupeira, seu passo se reduz até se deter. Pega um banco que está contra a parede e se aproxima da grade do calabouço onde o Toupeira continua sentado e fumando tranquilo.

Toupeira! Benditos são os olhos que te veem. Não sabe a alegria que me dá por ter vindo me visitar. Como vai, Roberti? Muito bem, Toupeira, muito bem e tenho fé que vou ficar melhor ainda. Nada como um homem de fé. Bom, Toupeira, o que fazemos, acertamos ou te anoto? E com Lascano, o que fazemos? Lascano já está acertado. Como? O Cachorro não está mais na polícia. Andou num rolo com a subversão. Eu achei que o haviam matado, mas parece que se safou e agora reapareceu. Deve ser mais uma das vantagens da democracia.

Quer dizer que me encanou com nada o sem-vergonha. Te madrugou bem o Cachorro.

O Toupeira fica um instante com o olhar perdido, fixo no indicador e no dedo médio, que seguram seu cigarro. Joga o cigarro no chão e o esmaga. Sorri.

O que me perguntou? Acertamos ou te anoto?

Lascano se detém no meio da sala, a poucos passos da poltrona onde o homem olha absorto a tela do televisor. Beba vai até um aparador de estilo provençal, abre uma gaveta e começa a revirar uma pilha de papéis. O pai tira por um momento seu olhar idiota do televisor e o dirige a Lascano, que se sente obrigado a lhe retribuir com um sorriso também estúpido. Beba fecha a gaveta, se volta e estende para Lascano um envelope de papel de aerograma um tanto enrugado.

Aí tem o endereço de Eva, é uma carta na qual fala de você... e dela.

Lascano hesita, lhe dá medo o que essa carta pode dizer, mas, finalmente, pega-a, olha-a e enfia-a no bolso. Sente a necessidade, o impulso de sair correndo dessa casa.

Muito obrigado, Beba, mas... Não diga nada, Lascano. Te desejo sorte.

Faz uma reverência a Beba, dá meia volta, sai. Ao fechar a porta, tem a impressão de estar a ponto de desmaiar. Toma ar, suspira, caminha até o carro. A caminho da Delegacia, se põe a imaginar como teria sido essa família antes de ser invadida pelo grupo de tarefas que levou Estefanía. Seguramente, se parecia à família que sempre procurou, sonhou, desejou, ansiou. Essa que acreditou que em algum momento iria ter, mas que algo sempre frustrou. A morte de seus pais, o acidente no qual perdeu Marisa, a fuga precipitada de Eva quando os cães da ditadura o balearam. Deseja com toda sua alma que Beba encontre seu neto. Que esse menino possa começar a viver o que lhe resta da infância que lhe roubaram. Que possa deixar de simular que acredita nas mentiras dos mais velhos. Que possa pegar o gato pelo rabo, matar aula, brincar com fósforos, ser amado, abraçado, repreendido sem que um segredo horrível se interponha constantemente. A freada do carro em frente à Delegacia o traz de volta ao aqui e agora.

O regresso ao centro da cidade é um longuíssimo e único insulto contra o filhodaputamãequeopariudoRoberti. Não pode acreditar que o tenha soltado. O Toupeira o subornou, como tentou fazer com ele, Roberti montou no cavalo encilhado e aqui está novamente nu com a mão no bolso. Quando termina de maldizer o comissário, começa com Pereyra. Se não o tivesse feito se atrasar esta manhã, o Toupeira não lhe escaparia. Mas as coisas são assim, a sorte é uma puta que muitas vezes vai pra cama com outro.

24

Ao entardecer e até bem avançada a noite, muitos casais têm por hábito chegar de carro aos bosques de Palermo para fazer das suas. É um hábito arraigado nos portenhos, que deram para chamar de Villa Cariño estas paragens. Aqui, a polícia, comprada pelos donos dos bares, não importuna os amantes. Este é o lugar que Miranda, o Toupeira, escolheu para se reencontrar com sua mulher, pois vinham aqui quando eram namorados. Aqui a trouxe, orgulhoso, com seu primeiro carro roubado. Aqui fizeram amor pela primeira vez.

Sentando num carro cem por cento legal, espera Susana escutando uma fita de Frank Sinatra. Ela deve ter dado muitas voltas para ter certeza de que ninguém a segue. A havia adestrado muito bem nisso. Deve ser por isso que está atrasada. Olha pelo espelho, olha para os lados: nos outros carros, há casais que bebem, se beijam, se tocam, uma que não termina de se convencer, uma loira mergulha e desaparece da vista. Glórias de Villa Cariño. Na esquina, para um táxi. É ela. A observa pagando, recebendo o troco, saindo e olhando um instante ao redor, em busca de um sinal. Miranda faz piscar as luzes do carro e ela se encaminha até ele. É uma silhueta que saracoteia contra o paredão de tijolo vermelho. Olha-a se aproximar a passo apertado, subir no carro, fechar a porta e, sem lhe dirigir um olhar, ficar de cabeça baixa. Está chorando.

Que foi, Negrinha? Não aguento mais, Eduardo, não aguento mais. Isso é que foi. Mas por que, Negrinha? Quer saber por que? Claro, meu amor. Vou te dizer o que foi, mas, por favor, me deixe falar. Não me interrompa. Fale, Moreninha, me diga o que for. Está bem.

Susana baixa o olhar, tira de sua bolsa-carteira um lenço e passa-o pelo nariz. Toma ar. Miranda se recosta contra a porta para vê-la melhor e põe o braço sobre o volante.

Me deixou plantada na outra noite na pizzaria. Tive um problema, não consegui chegar. Te disse para não me interromper!

A voz da Morena é um sussurro, mas soa como um grito. Miranda morde os lábios.

Eu estou morta de preocupação. O que te preocupa, Negrinha? Tudo me preocupa, tudo! Desde que você saiu, vivo preocupada. Outro dia, se armou uma revoada de policiais e câmeras de televisão na porta de casa. Saí para ver o que estava acontecendo. Pensei que você tinha vindo e estavam te esperando. Mas não, era outra coisa. E então? Quem estava na porta era Lascano. Lascano? Sim. Me disse que ele havia armado toda aquela confusão para evitar que nos sequestrem para te arrancar uma grana que você tinha roubado. Quem ia sequestrá-los? Não sei, uns tiras. Lascano mencionou um tal Flores. Nos aconselhou que fôssemos embora de casa porque achava que iam voltar.

Susana aperta o lenço entre suas mãos, e, de sua boca, escapa um gemido entrecortado. Miranda olha-a recuperando suas forças. Ela lhe dirige um olhar cheio de ódio.

Nem na minha casa posso estar mais! Onde está vivendo? No tio. E Fernando? Fernando também, eu não abandono meu filho!

Susana solta a recriminação como uma chicotada. Miranda a recebe como uma punhalada.

Se acalme, Negrinha, por favor. Não quero me acalmar! Estou furiosa e quero estar furiosa, entende? E isso não é tudo. Outro dia, pela manhã, quando saí para fazer as compras, te vi. Como assim? Fiquei paralisada. Foi na banca de revistas da esquina. No jornal, havia uma grande foto de um cara jogado num charco de sangue e, ao lado dele, a sua foto e a de outros três caras. Um relâmpago de raiva e tristeza me atravessou o peito... Carlos, o cara que cuida da banca desde que eu era uma menina assim, estava me observando, me vigiando, como que esperando uma reação. Eu havia ficado hipnotizada diante dessa foto. Era você o que jazia esparramado na primeira página? Não me atrevia a chegar mais perto para conferir. Haviam se tornado, por fim, realidade meus piores temores? Então, Carlos, como se soubesse o que estava pensando, me disse que não era você, que estava foragido. Essas palavras dissiparam o encanto. Foi como se eu despertasse. Olhei para Carlos e me dei conta do muito que havia envelhecido, e, em sua velhice, também pude ver a minha. Ele me olhava com tristeza, com compaixão, com um ar de "o que se vai fazer" que me desmontou a alma. Não quis aceitar o jornal que me oferecia. Não queria detalhes... A gente vai tomando pequenas decisões todos os dias, uma atrás da outra, pensando que, em algum momento, tudo vai se resolver. Mas essas decisões vão se acumulando, vão construindo nossa vida, vão nos tornando quem somos e determinando o que acontece conosco. Uma pessoa é o que acontece com ela. E o que acontece comigo é que quero ir para minha casa chorar. E o faço. Me jogo de bruços na cama e lamento meu destino e choro, primeiro com fúria, enraivecida e rugindo como um animal. Logo, com dor e tristeza. A casa está em silêncio e me pergunto: por que me casei com você? Por que continuo te esperando? Por que? E, de repente, me dou conta de que desta vez não era você o cadáver na primeira página da Crónica[51]. *Desta vez. E me dou conta de que talvez esteja esperando isso mesmo, que seja você, e não quero sentir isso, Eduardo. Mas isto é no que me transformei. Sou uma viúva que espera que lhe tragam o cadáver, que se cumpra o destino, e que deseja que tudo termine de uma vez por todas. E não te quero, Eduardo, não te quero. Me perdoe, mas não aguento mais. Quero refazer minha vida e isso não pode mais esperar. Você está outra vez com pedido de captura e, como sempre aconteceu, vão te encontrar e a melhor coisa que pode acontecer é que vá preso, quanto tempo desta vez, cinco anos, dez anos, perpétua? Nunca amei mais ninguém, nunca vou amar ninguém como te amei, mas acho que tenho direito a um pouquinho de felicidade nesta vida e quero isso, Eduardo, quero isso. Com você, isso não é possível. Mas Negrinha, não pode me deixar agora. Eu não estou te deixando, Eduardo, você me deixou faz muito tempo e nem sequer percebeu.*

Outra vez o silêncio matrimonial, mas agora mais denso, imóvel, irremediável. Olha-a, ela lhe devolve o olhar e compreende, pela primeira vez em toda dimensão, como são diferentes. Tem a sensação de que não são mais macho e fêmea da mesma espécie, que nunca foram, que só os uniu uma simbiose alheia à natureza. O que quer que tenha sido que os manteve juntos se quebrou para além de qualquer tentativa de conserto. São dois desconhecidos abandonados no campo dos amantes. Somos matéria, pensa, e a matéria é vingativa. Como acontece com as obras feitas de qualquer jeito, sem deferência e consideração. As coisas mal feitas permanecem como uma maldição que nos recorda que as fizemos mal.

---

51 Jornal sensacionalista argentino (N do T).

Quando Beatriz desce do carro, Miranda faz Sinatra se calar. Tem vontade de chorar, tem vontade de quebrar tudo. Tem o pior dos sentimentos: impotência. Ela tem razão, não há nada que ele possa fazer para remediar, para consertar o que se encarregou de destruir. Ela sempre foi uma garota fiel e leal e ele sempre soube que estava lhe arruinando a vida, mas apostou que daria um golpe definitivo que o colocaria acima do bem e do mal e que poderiam ir para outro país construir uma vida de reis sem nunca ter que se preocupar com nada. Mas este era um objetivo tão falso quanto uma moeda de chumbo. Na realidade, do que Miranda gosta é do risco. Se salvar de uma vez e para sempre é tão só um engano para se justificar. Agora, chegou o momento de pagar essa fatura com a Morena. Sente que seu coração se dissolve por dentro do peito. Não faz o menor esforço para retê-la, para tentar convencê-la, para seduzi-la como havia feito antes mil vezes. Fica no carro até que o frio o obriga a ir embora.

Dois dias depois da despedida da Morena, Miranda está estacionado em frente à casa do tio. Não tem que esperar muito para vê-lo atravessar a rua a passo apertado. Baixa o vidro e o chama. O jovem detém a marcha sobressaltado, olha com expressão de estranheza para o homem do carro.

Papai? Oi, filho. Suba.

Se acomoda no banco do acompanhante, joga atrás a mochila e fica em silêncio olhando para a frente. Nesse momento, sente que odeia seu pai.

Quando saiu? Faz uns dias. E já está metido em confusão de novo. É um estilo, o que posso fazer? Como é possível que um cara com sua inteligência não perceba? O que tenho que perceber? Algo que você mesmo me disse quando ainda usava calças curtas. O que terei dito...? Que um negócio no qual alguém entra com o corpo nunca é bom negócio. As pessoas dizem cada coisa... Não tem graça. O que é que não tem graça? Não é só você que está em perigo. Outro dia, quiseram nos sequestrar. Sua mãe já me contou. Sim, passou o dia todo chorando. Um dos tiras nos deu um recado para você. Quem? Lascano. Disse que se entregue, que com ele vai estar seguro. Está bem. Deixe por minha conta que eu ajeito tudo. Melhor pra você. Quero que conversemos, tenho algo muito importante para te dizer. Agora não posso.

Está com pressa? Na verdade, sim. O que acha de almoçarmos? Quando? Quando quiser, amanhã...? Onde? Lembra do botecão que íamos quando ia te buscar no colégio? O da rua Luca? Esse.

Fernando recupera sua mochila, desce do carro sem cumprimentá-lo e se afasta. Mais tarde, Miranda terá conseguido o número de Flores.

Aqui é Miranda, Flores... Por que se meteu com meu filho?... Você também tem família, puta que te pariu... Me importa uma merda... Está bem... O que quer?... Nem fodendo... não te dou mais que cem mil...Estou dizendo que não... Está maluco?, com essa grana, mando meter bala em você e em toda sua parentela. Pegue os cem e pare de encher o saco... Estou dizendo que não, Flores... e não me faça perder a paciência... Bom... Está bem... Eu me encarrego... Já sei, Flores, ou vai ser a primeira vez?... Na sexta, no mais tardar... Não... Não...

25

Como assim não estava?! Não estava. Fugiu? Não pode ter fugido porque, oficialmente, o Toupeira nunca esteve lá. Nem sequer chegaram a registrá-lo? Não. E o que houve? Depende de quem tenha estado na Delegacia no momento. Se foi Roberti, Miranda o subornou com a grana do assalto ao banco. Se, em vez dele, estava Flores, então Miranda deve estar morto e enterrado depois de um aperto brutal. E você, o que acha? Quero crer que Roberti. Por que? Por humanidade, o Toupeira não é um assassino, é só um ladrão, e um ladrão daqueles de antigamente. Parece que tem uma certa admiração por ele. Sempre admirei a inteligência e Miranda é um cara muito inteligente, claro que seus métodos... Pena que não use bem a inteligência. O que quer que lhe diga, Pereyra?, num país como este, no qual os governos, em cumplicidade com as empresas, roubam até a vontade de viver das pessoas, onde um cara passa a vida trabalhando para que lhe deem uma aposentadoria que não será suficiente nem para um café com leite... Mais vale pobre mas honrado, Lascano. Ah, é?, e diga-me, por que as prisões estão cheias de pobres? Porque não têm dinheiro para advogados. Mas você é um cara honesto em meio à corrupção. Digamos que sou um pouco mais honesto que os outros, mas a verdade é que não sei se isso é por convicção ou por covardia. Também não me interessa averiguar. Eu espero, Lascano, que, quando tiver a sua idade, não pense desse jeito. E eu, Marcelo, desejo de todo o coração.

Já na rua, decide caminhar. Tem no bolso os dados que lhe permitirão encontrar Eva. Juquehy... Gosta do nome. O problema, agora, é como juntar dinheiro para ir. O Toupeira evaporou e se sente sem forças, sem gana de outra coisa além de encontrar Eva e ver se existe a possibilidade de começar uma nova vida com ela, em outro lugar. Eva é como a terra prometida. Lhe ocorre ir ao banco e dizer a Fermín que localizou o Toupeira no Brasil e que precisa viajar para lá. Se não conseguir tirar dinheiro dele, é provável que não lhe negue uma passagem para São Paulo. Uma vez lá, verá o que fazer. Não é a ideia mais honesta do mundo, mas isso tampouco o preocupa demasiado. Em vão, procura nos bolsos o cartão de Fermín. Pensa que, de todo modo, é melhor ir pessoalmente. Com passo veloz, se dirige aos escritórios do microcentro. Pelo caminho, vai ensaiando o que lhe dirá. Se der certo, ótimo, senão, Deus proverá.

Em poucos minutos, chega ao edifício. Ao entrar, nota que mudou toda a decoração. Desapareceu aquele ar de quartel pós-moderno, dando lugar a uma estética de salão de beleza caro. A segurança, os xerifes que antes guarneciam o lugar, transmutaram em rapazinhos de modos delicados, vestidos de azul e com o cabelo úmido. As catracas desapareceram. O imponente escudo da instituição bancária foi substituído pela imagem de um sol iluminando uma espiga de trigo circundada por uma faixa na qual se lê "Banco do Povo". Lascano se dirige diretamente aos elevadores, sobe à bordo junto a um bando de trouxas, isso não mudou, e aperta o cinco. Quando chega, não há nada ali. O andar está totalmente desmantelado, com suas quatro paredes nuas. Dois operários estão juntando suas ferramentas.

Olá. Olá. Não eram aqui os escritórios do banco? Não sei, pode ser, nós estivemos removendo tudo porque amanhã vêm montar outro escritório. Quem os contratou? Quem nos mandou foi o arquiteto Tepes. Onde posso encontrá-lo? Estamos esperando por ele, nos paga hoje.

Abre-se o elevador e surge um baixinho petulante molhando os dedos com saliva e se põe a contar notas de um grosso maço. Percebe a presença de Lascano, a contagem se detém e fica em suspenso um instante. Olha para ele de cima a baixo e logo percebe: é policial. Se pergunta o que quererá. Por via das dúvidas, diz a ele que o espere um segundo. Paga os operários e os dispensa.

Arquiteto Tepes? Não sou arquiteto, comissário. Eu também não sou comissário. Então, estamos igual. Faz de conta. Faz de conta. Em que posso lhe ser útil? Olha, estou procurando o pessoal do banco que tinha seus escritórios aqui antes. Isso não é bom. Por que? Não lê os jornais? Sofreu intervenção do Central, parece que tinham muitas operações obscuras. Começou a correr o boato de que o banco estava para quebrar e se juntaram todos os clientes numa corrida para sacar a grana. E então? Os diretores pegaram a grana que restava e saíram voando. Não me diga. É por isso que eu ando sempre com dinheiro vivo; aqui, não se pode confiar nem nos bancos.

Pelo fone, a voz aguda da secretária de Pereyra lhe diz que o promotor quer vê-lo imediatamente. O mau humor o deixa fora de si. Em poucos minutos, está às portas do Palácio. A fila do elevador é maior do que está disposto a esperar. Sobe pelas escadas amplas e desertas. Mas no terceiro andar, que na verdade é o primeiro, sente que seu coração vai explodir. Se senta para recobrar o fôlego. Quando sua agitação diminui um pouco, atravessa o corredor e chama o elevador. Chega, descem duas advogadas muito jovens e indiferentes ao efeito que seus corpos deixaram na estreiteza reprimida do elevador. Caminhando até a promotoria pelos corredores estreitos, Lascano não se dá conta de que odeia esse edifício porque, nesse momento, sente que odeia o mundo, a si mesmo, tudo. Se sente farto e enojado.

Estamos com sérios problemas, Lascano. Conte-me algo que eu não saiba, parece que não consigo me livrar dos problemas, mas você, com que está preocupado? Que esse cara esteja solto, é com isso que estou preocupado! Que cara? Miranda, quem mais?! Que um assaltante de bancos que está envolvido na morte de três pessoas tenha ficado solto só porque você não fez uma detenção legal... Miranda não matou ninguém. Não é o que diz aqui. Já sei. Mas ele não teve nada a ver com o assalto ao carro-forte. E como você sabe? Ele me disse. E você acredita nele? Acredito. Esse foi um assalto fracassado, os bandidos começaram a atirar, mas foram surpreendidos por uma viatura que passava ao acaso pelo local e tiveram que se mandar. Então, os tiras viram a oportunidade de ficar com toda a grana que transportavam. É preciso ver se quem matou os seguranças foram os bandidos ou os policiais. Como o Chorizo está no meio do guisado, qualquer coisa é possível. Quem? O comissário da bonairense que jogou a batata quente no colo de Miranda. O Toupeira não é um assassino, é um ladrão de alto voo, um delinquente intelectual. Como quer que seja, intelectual ou não, eu o quero preso. O que sugere que façamos agora com este assunto? Façamos? Eu não estou pensando em fazer nada, a verdade é que já estou farto, Miranda agora é problema seu. O que quer dizer com isso? Tenho coisas a fazer para ver se posso arrumar um pouco minha vida, agora que me dei conta de que não vou poder mudar o mundo. Posso ajudá-lo? Não, é algo que tenho que fazer sozinho, mas eu vou ajudar você com Miranda. Diga. Se quiser pegar o Toupeira, siga seu filho. Miranda é homem de família. Cedo ou tarde, o filho vai levá-lo a ele. Lhe agradeço a informação, já estava começando a suspeitar se você não seria cúmplice. A verdade é que essa informação, não estou lhe dando em nome da justiça. Ah, não? Prefiro que você o pegue, e não alguém como Flores, que é capaz de qualquer coisa para lhe roubar o dinheiro, me compreende? O que pensa em fazer? Tenho que encontrar uma pessoa que não está no país. Me retiro. Lascano, eu posso dar um jeito para que você volte à corporação. Olha, Marcelo, se eu chego a voltar à Federal, não duro quase nada. Por que? Quem me protegia era Jorge Turcheli. O chefe que morreu logo depois de assumir? Não morreu, mataram-no. Em todos os jornais, saiu que foi um infarto. Não acredite em tudo o que lê. O que aconteceu? Havia uma disputa pela chefia entre os Apóstolos e Turcheli, ou, melhor dizendo, entre duas formas de conceber a Federal como negócio. Não entendo. Os Apóstolos são um grupo de oficiais jovens que estão envolvidos com algumas autoridades no negócio do pó. E? Turcheli não gostava disso porque dizia que no rastro da droga, vinha muita violência, e que os traficantes não respeitam nada nem ninguém. Bem, Turcheli ganhou a parada da chefia, mas os caras o liquidaram em seu gabinete e disfarçaram de infarto. Não me surpreenderia que a morte tenha contado com a bênção de algum figurão. Agora, o capo dos Apóstolos está sentado em sua poltrona. Eu não vou ficar para lutar contra eles...

M

27

Horacio abre a pequena porta que fica sob a churrasqueira e observa, com satisfação, a lenha que arde com vontade. Normalmente, não dá início à tarefa de produzir brasas senão algumas horas mais tarde, mas hoje não é um dia qualquer. Com o trabalho que Valli lhe encomendou, poderá pagar as duas últimas prestações da churrasqueira de aço inoxidável que mandou instalar há dois meses. Do lado de fora, se desata uma rajada que entra pela chaminé e sopra-lhe a fumaça em cima. Esta será a primeira vez em que deixará a cargo da churrascaria o rapaz que o ajuda. Esteve observando-o trabalhar nos últimos dias e não tem dúvida de que conseguirá se virar sozinho se não vier muita gente. Lhe dá as últimas indicações. Deixa-o trabalhando e põe um banco perto da geladeira de quatro portas. Sobe e pega o pacote que contém a Ruger que comprou do Caolho Giardina. Acena e sai, sobe na Pantera, põe o pacote debaixo do assento, desce a coletora, emenda pela autopista e segue rumo à Capital.

Perto do meio dia, pega a descida da Jujuy e estaciona na Moreno junto a uma garagem de caminhões. Atravessa a pé a Praça Miserere, as pontes da estrada de ferro e, em ziguezague, chega ao Abasto, onde ficou de se encontrar com Giardina. O Caolho o está esperando ao volante de um Renault 12 desconjuntado.

Não tinha nada pior, meu velho? Não se deixe levar pelas aparências, não sabe o quanto anda. Você sabe que sempre pode haver problemas. Calma, Horacio, este carrinho que você está vendo é uma fera. Quer uma demonstração? A única coisa que quero é terminar este serviço e voltar à churrascaria, vamos. O outro carro está…? Já está lá.

Fazem o breve percurso em silêncio. Quando chegam à Aguero, Giardina aponta para um Torino verde estacionado. Horacio passa para ele e o Caolho dá a volta no quarteirão e se posiciona em fila dupla na esquina. Dali, pode ver a cabeçorra de Horacio enquadrada no retrovisor do Touro.

Horacio se prepara para esperar. Por essa calçada, deverá chegar seu alvo, Lascano, mas não sabe quando. O inimigo é o sono. O tédio das esperas indefinidas pode fazer com que pegue no sono e que o alvo lhe escape. Mas havia previsto essa contingência. Olha para a frente, olha pelo espelho: além do Caolho no Renault, a rua está vazia. Tira um envelope do bolso da camisa, abre-o e enfia dois generosos tecos em cada narina utilizando como pá a compridíssima unha de seu dedo mindinho. Chupa o que ficou grudado na unha e torna a guardar o envelope. Pega o pacote debaixo do assento, desembrulha a pistola, confere se o pente está cheio, carrega uma bala na câmara, põe o retêm do ferrolho e coloca-a entre os dois assentos. Espera. No assento do acompanhante, está o rádio pelo qual talvez, só talvez, lhe contatem para lhe dizer que Lascano se aproxima. Mas deve ficar atento porque não lhe haviam garantido que poderiam lhe avisar. O problema, agora, é a impaciência e a paranoia que a cocaína provoca. Olha pelo retrovisor. Nada. Só havia visto Lascano duas ou três vezes no Departamento. Nunca falou com ele, mas se lembra dele como um sujeito amargo e calado. Horacio havia assegurado a Valli que o conhecia bem, mas agora não está muito seguro de reconhecê-lo quando o vir. Caminhava de um modo peculiar, como se tivesse uma mola nos calcanhares, esse detalhe ajudaria. O plano é simples. Quando Lascano passar a seu lado, descerá do carro em silêncio, caminhará atrás dele sem ser percebido, colocará o cano da Ruger debaixo da orelha, obliquamente para cima, e fará dois disparos. A vantagem do 22 cano longo é que não faz escândalo e que a bala não tem força suficiente para atravessar o crânio, apenas para se incrustar no meio do cérebro, de onde é impossível extraí-la. O sujeito não cai imediatamente, cambaleia um pouco como se estivesse bêbado e logo entra num coma do qual não sairá. Só lhe resta esperar.

Lascano esteve a ponto de mandar o fedelho à merda, por mais promotor que fosse, mas se conteve. Definitivamente, pensa, *não é mais que um garoto que está tentando nadar limpamente num charco de merda*. Lamenta não ter tido ânimo para lhe dar uns conselhos sobre segurança. Para as coisas em que está se metendo, o moço anda muito soltinho pela rua. Decide ir caminhando. Sai rapidamente do trânsito ensurdecedor da Tucumán com Uruguai, apertando o passo em direção à Córdoba. Quando passa pela porta do Registro Civil, recebe de rebote um banho de arroz que parentes em festa atiram num casal lustrado e sorridente. Sacode os grãos do casaco e da cabeça, chega à esquina e dobra em direção à Callao. O trânsito é infernal também, mas, ao menos, o ruído se dispersa um pouco mais ao largo da avenida. Está cansado e de mau humor, não tem ideia de com que dinheiro vai para o Brasil, agora que fracassou a ideia de inventar uma estória para os do banco. Evidentemente, os banqueiros são melhores inventores de estórias que ele. Vai para casa ver quanto lhe resta. Provavelmente, dará para chegar a São Paulo de ônibus e para uns dias por lá. Depois, verá. Na esquina de Laprida com Córdoba, do outro lado da avenida, há um Falcon estacionado. O reflexo da luz no para-brisa não lhe permite enxergar Cebola, um ex-policial, nem os dois caras que o acompanham. Pela rua, começa a soprar uma brisa que faz voar uma pilha de papeis deixados sobre a calçada. Quando Lascano os perde de vista, o Falcon arranca e dobra a esquina a toda velocidade. Na seguinte, torna a virar em direção à casa do Cachorro e se posiciona alguns metros atrás do Renault no qual Giardina pegou no sono.

Quando Horacio vê Lascano caminhando tranquilamente em sua direção, o reconhece de imediato. Pega a Ruger e tira o retêm do ferrolho. Se deita sobre o assento do acompanhante para que não o veja ao passar. Solta um palavrão em silêncio. Pela posição, se verá obrigado a atirar com a esquerda; consegue fazê-lo, porém, com a direita se sente mais seguro. Desce. Caminha atrás dele em silêncio, a Ruger firmemente encaixada na mão. Não faz nenhum ruído ao andar; além do mais, favorece-o que o vento sopre em sua direção. Já está a três passos do alvo, ergue a arma.

Se algo incomoda Lascano, é o vento na cara. Por isso, agradece quando, repentinamente, muda de direção e uma rajada o empurra pelas costas. Essa rajada lhe traz o penetrante cheiro de miúdos assados que a roupa de Horacio emana. Dá meia volta, velozmente. O Gordo está apontando diretamente para sua cabeça. Percebe a carne de seu dedo se afundando pela resistência do gatilho. Se vê morto.

Mas quem cai é Horácio. Junto ao meio-fio, quem disparou foi Cebola. O estampido acorda o Caolho. Abre os olhos sobressaltado e se agarra ao volante do 12 com as duas mãos. Cebola, com uma Magnum, aponta diretamente para Lascano, entre os olhos. Horacio está caído de bruços. Sobre a calçada, começa a se derramar seu sangue. Alguém, pelas costas, desfere em Lascano um golpe na cabeça, atontando-o.

Cebola embainha a arma, dá dois passos e coloca um capuz no Cachorro, e, imediatamente, ajuda o outro a levá-lo até o Falcon que se aproximou velozmente. Incapaz de se mover, Giardina vê os dois homens colocando o Cachorro no assento traseiro. Cebola contorna o carro, se acomoda no banco de trás e partem a toda velocidade. O Caolho tem um momento de estupor. Olha para os lados e para trás, a rua recuperou a calma. Põe o motor em marcha e se dirige até o lugar onde tombou Horácio. Entre os para-choques dos dois carros estacionados, o vê esvaindo em sangue. Bem perto, está a Ruger que lhe vendeu. Confere se não há testemunhas, desce, corre até a arma, recolhe-a, enfia-a no cinto, volta ao 12 e se vai.

Uma hora mais tarde, Lascano abre os olhos na escuridão. Ainda está encapuzado. Ouve uma voz.

Acho que esse já acordou.

O capuz sai. Entardece, pela janela entra uma torrente de luz alaranjada. Seus olhos levam algum tempo para se acostumar à claridade que inunda o cômodo. Está acorrentado a uma cadeira, diante de uma mesa, num apartamento alto, sem reboco e pobre. Do outro lado da mesa, ganha forma a figura de Miranda, o Toupeira, que olha sorridente para ele. A seu lado, está Cebola, um psicótico impiedoso que deve umas cinco ou seis mortes. Um imbecil que não encaixa na companhia de Miranda. Em cima da mesa, estão todas as coisas que Lascano tinha consigo, inclusive a carta de Eva e a pistola. Se alegra que seja Miranda e não os Apóstolos, pois já estaria morto.

Desta vez te madruguei eu, Cachorro. O que está fazendo, Toupeira? Como pode ver, me entretenho salvando sua vida. Parece que estou condenado a que os ladrões me salvem a vida. Pelo menos poderia agradecer. Te agradeço, desde que não tenha feito isso para ter o prazer de me matar você mesmo. Isso, você sabe muito bem, não é meu estilo, Cachorro. E a que devo a honra, então? Você sabe. Estava te devendo uma. Você não me deve nada. Agora não mais, mas você salvou minha família quando Flores quis dar uma de esperto. Fiz isso por eles, não por você. Dá na mesma, Cachorro. Não gosto de dever nada a ninguém.

De súbito, o rosto insosso de Miranda se ilumina com um sorriso que o rejuvenesce dez anos num instante. Ri abertamente, com vontade, com orgulho.

Tchê, chamar a televisão foi genial. Bem, algum dia a TV teria que servir para alguma coisa. Imagino a cara de Flores com todo o barulho que você armou. Não, não imagina. Os tiras o fizeram se deitar no chão com seu Armani de mil dólares. Não brinca. Te juro. Quando se levantou, estava fora de si.

O Cachorro soma suas risadas às do Toupeira. Cebola, amargo, perde o interesse pela cena e contempla as unhas.

E como ficou sabendo que queriam me apagar? Contatos que a gente tem, Cachorro, o mundo é um ovo. Como me enganou na pizzaria, Lascano. A verdade é que tenho que reconhecer que você é um mestre. Com essa cara de bobo e tudo. Falou Delon. Como me encontrou? Trabalho de inteligência, Toupeira. Não enche, quem me entregou? Ninguém te entregou, estou dizendo. Não fique com mania de perseguição. A verdade é que você está se fazendo odiar pra valer. Quem quer te matar? O dono da tinturaria, porque não paguei uma lavagem a seco. Não perde o senso de humor. Com certeza, não riu quando sumi da delegacia. Diga a verdade, Cachorro, quem pensaria em me deixar onde vão os castigados da Federal? Se tivesse outra alternativa, não te deixava ali. Imagino. É verdade que te mandaram embora da polícia? Não me mandaram, me mandei. E o que quer me perseguindo? Você já sabe. Ah, certo, pela grana do banco. Para que um pobretão como você precisa de grana? Assunto meu. Teria a ver com esta carta que escreveu... Eva?, vai buscá-la? Já te disse, isso é problema meu. O que está pensando em fazer comigo? Nada. Então, para que me capturou? Olha, Cachorro, enquanto você estiver andando por aí, eu não vou estar seguro. O que preciso é que você desapareça. Sair da delegacia me custou um monte de grana. Roberti deve estar feliz. Claro que também fiz um acerto com Flores para que não encha mais. Toupeira, nunca parou para pensar que todo o trampo que isso te custa, os riscos que corre, e, no fim, a grana que você rouba serve para deixar felizes os piores tiras que existem. Certamente, mas isso não importa agora. E o que importa? Que você desapareça, Cachorro. Você foi trouxa. Quando te ofereci a grana, me disse que a do banco era limpa. Agora, os caras do banco desapareceram com a grana dos clientes. Percebe como são as coisas? Pode me dizer que merda você quer? Já te disse, que desapareça. Vá para o Brasil, aonde te der na telha, mas desapareça de Buenos Aires. E se eu não quiser? Desaparece igual, o Cebola aqui vai se encarregar e, se ele não fizer o serviço, outro faz. Corre por aí que um grupo pesado de comissários quer te apagar. Nem ideia. Não se faça de trouxa, Cachorro, que somos adultos. Hoje você se salvou por acaso, não abuse da sorte. Eu não quero te matar, não gosto de mortes. De modo que suma. Posso te pedir um favor? Nesta situação, pode me pedir o que quiser. Fique sentadinho aqui dez minutos, pode ser? Está bem. Depois cai fora, Cachorro, me faça o favor.

Miranda se levanta sorridente. Cebola pega a pistola de Lascano e a enfia na cintura. Em seguida, tira-lhe as algemas. Os dois se afastam em direção à saída onde há mais outro homem. Atrás da porta, ouve as do elevador quando se abrem e se fecham. Se levanta, está descalço, vai até a janela. Está num andar alto de um dos blocos do Forte Apache[52]. Se aproxima da janela e vê Miranda, Cebola e outros dois caras subindo no Falcon. Antes disso, o Toupeira ergue o olhar e acena para ele com a mão e um sorriso. O carro arranca e desaparece na altura da esquina. Lascano dá meia volta, olha ao redor procurando seus sapatos, mas não os vê em canto algum. Então, repara que, em cima da mesa, no meio de suas coisas, há um envelope comprido. Pega-o e abre-o. Dentro há um maço de dólares. Volta à janela. Cai rapidamente a noite. Estranho senso de humor o de Miranda, que o obriga a atravessar esse bairro de assassinos e ladrões de noite, descalço, sem um tostão e com um monte de notas no bolso. Não pode evitar um sorriso, que apaga em seguida. Agora, precisa ver como dar um jeito de sair dali o mais inteiro que puder. Se acreditasse em deus, se persignaria, mas como não acredita, leva a mão ao saco e encara a saída.

---

52 Conjunto habitacional situado em Tres de Febrero, região metropolitana de Buenos Aires. Seu nome oficial é bairro Ejército de los Andes (N do T).

28

Lascano sobe a passo tranquilo e descalço a ladeira da Praça San Martín que termina na Maipú. Vem pensando que a vida, tal como a viveu até o momento, é um tremendo equívoco. Agora, se torna clara para ele a mensagem do sombrio personagem do sonho. Agora, entende em que sentido deve mudar. Compreende que a vida é uma única volta num carrossel que não tem sortilha[53]. Essa coisa da austeridade, de considerar mais digno o sofrimento que a alegria, essa atitude de crer que a tragédia é mais elevada que a comédia, é uma enorme bobagem, sobretudo para um não-crente. Se não se espera uma recompensa no além, para que isso de levar uma vida miserável?

Os sujeitos disfarçados que montam guarda na entrada do Plaza Hotel estão a ponto de detê-lo mas, por algum motivo, não se atrevem. Basta que dê uma gorjeta de cem dólares ao concierge para que lhe dê um quarto, apesar de estar sem documentos e sem bagagem e sem sapatos. Essa noite, dorme com um sono semelhante à morte.

Pela manhã, envolto no estupendo roupão de banho que o hotel fornece e calçado com as pantufas nas quais brilha um brasão, pede a um estafeta que lhe compre um par de mocassins marrons quarenta e dois na sapataria da Marcelo T. de Alvear com San Martín. Pede um esplêndido café da manhã continental e, enquanto saboreia o suco fresco de laranjas recém-espremidas e contempla a maravilhosa vista das copas das árvores da praça San Martín, sente que John Lennon lhe fala ao ouvido: *Hoje é o primeiro dia do resto de sua vida.*

Miranda, o Toupeira, secundado por Troilo e pelo Cabeção, passa toda a manhã conferindo se a casa de Chulo não está vigiada. Faz isso

---

[53] Na Argentina, tradicionalmente, enquanto os carrosséis giram, as crianças tentam pegar um anel que dá direito a uma volta adicional gratuita (N do T).

com calma, junto a um sanduíche de falso filé no Argos[54] da Lacroze com Álvarez Thomas. Ameniza a espera olhando uma partida de bilhar jogada por dois garotos que, sem dúvida, estão matando aula.

Quando lhe garantem que a área está limpa, se apresenta na casa de Chulo. Graciela o recebe com um sorriso que é um coquetel de três partes iguais de alívio, alegria e recriminação. A presença do Toupeira em sua casa, estando preso seu marido, só pode significar uma coisa, e ela sabe muito bem que essa coisa acalmará, em boa medida, a tremenda angústia que sente desde que trancafiaram seu esposo. Lhe oferece um chimarrão.

Como vão as coisas? Você já sabe. Sim, mas pergunto como vai você. Eu sei lá como vou, a verdade é que vocês, homens, querido, não sei, com a vida que nos dão... Mas às vezes também damos alguma alegria, não? O filme é muito bonito, mas o ingresso é muito caro. Os meninos? Na escola. Como vão indo? A menina, bem; Raulito me saiu igual ao pai, muito vagabundo para o colégio. Não gosta e não há jeito de fazê-lo sentar-se com os livros. Meus braços já estão doendo das chineladas que lhe dou para que estude, mas ele, nada. Bem, há garotos que não nasceram para o estudo. Eu espero que não saia igual ao pai nisso. Chulo te ama. Sim, já sei, e o que você quer que eu faça com isso? É um bom sujeito. Olha, se ainda por cima fosse mau, teriam que matá-lo. Você está brava. E o que você acha? Agora, de novo com os advogados, os juízes, que te apalpem nos dias de visita como se fosse uma coisa, para ver como apodrece na cadeia. Ele não fica bem lá dentro, você já sabe. E quem fica bem lá dentro? Imagino que ninguém. Não se preocupe, não vão lhe dar muito tempo. Pode ser, mas ainda tem a outra pena para cumprir. Não faltava nada da outra sentença. Para você pode ser nada, mas para mim, a vida está indo embora a esperá-lo. Tenho que te pedir um favor. Diga. Entregue este envelope ao Parafuso. Vai ser bom pra ele. Toupeira, que bom sujeito você é, pena que seja bandido. Fazer o que, ninguém é perfeito. Cai fora. Bem, agora calma, tem que aguentar, cuide das crianças e não o abandone, hein? Está bem. Não deixe que ele desabe. Entendeu? Está bem, Toupeira, está bem.

---

54 Tradicional cafeteria que existiu nesse local entre 1928 e 2006. Até 1980, funcionou junto a ela um cinema de igual nome (N do T).

Com as últimas palavras, Miranda a abraça, enxuga-lhe as lágrimas, passa-lhe a mão no cabelo. Em poucos instantes, ela se recompõe. Se desvencilham. Miranda se dirige até a porta. Ali, lhe faz as últimas recomendações, beija-a na face, ela lhe agradece e ele sai à rua. Graciela enxuga as mãos mecanicamente com o pano de prato, pega os dois envelopes que deixou em cima da mesa, suspira, abre a portinhola do móvel onde guarda a louça das visitas e os enfia dentro de uma caneca de cerveja. Essa que toca *Der Liebe Augustin* quando erguida. Logo, se aproxima da pia e começa a lavar a pilha de pratos sujos do almoço.

À tarde, Lascano experimenta um elegantíssimo terno de fio peruano natural no Rhoders da rua Florida. A imagem que o espelho lhe devolve o compraz. A calça precisa ser encurtada. Ante a pressa, o vendedor lhe recomenda um alfaiate a poucas quadras. Completa a compra com roupa íntima, seis camisas, um cinto, lenços e meias que pede que lhe entreguem no hotel. Leva a calça consigo, deixa-a com o alfaiate boliviano que tem uma lojinha no subsolo de uma galeria escura que fica na Córdoba, debaixo da Harrods[55]. Caminha até a Santa Fé, para frente à vitrine de uma agência de viagens na qual se posicionam banners magnificamente impressos com paisagens de praias douradas. Entra. Recebe-o com um sorriso um sujeito alto, jovem e sedutor que tem a sensação de que a vida é pequena para suas ambições. Num instante, o jovem faz o cálculo do valor das roupas novas de Lascano e sabe que aqui há um cliente, alguém que veio comprar, leva-o até seu escritório e não lhe custa esforço algum vender-lhe uma passagem para Guarulhos trinta por cento mais cara que em qualquer outro local. Poucos minutos mais tarde, no Rosenthal que fica frente à praça, adquire uma mala pequena. Regressa à Galeria do Leste e ali, no primeiro andar, se submerge no salão Susana, se instala numa poltrona e pede corte de cabelo, barba com compressas e, já que estamos aqui, que venha a manicure.

À noite, onde a Esteban de Luca forma com a Chiclana um chanfro de quinze metros, há um botecão de caminhoneiros no qual Dona Elvira prepara e serve os melhores ravioles caseiros com guisado que se podem encontrar na cidade, provavelmente no país.

---

[55] Loja de departamentos que existiu na cidade de Buenos Aires (N do T).

Porções abundantes da massa recheada com autêntica espinafre nadando num molho escuro como o destino, acompanhada por uma carne borrachuda à qual uma prolongadíssima cocção subtraiu qualquer ímpeto e em longas fibras se desfaz na boca ou ao toque do garfo. Isso, com um tinto fresco e áspero, de garrafão, é uma festa para os habitués do lugar. Pelo ar, deixando uma esteira gordurosa que perfuma o salão e gruda na roupa e no cabelo, circulam generosas porções de batatas fritas, milanesas a cavalo, salsichas gordas com chucrute, guisado de mondongo com feijão, almôndegas do tamanho de uma bola de tênis, rabo de touro com batatas. Este é o reino do colesterol com alho, do azeite com picante, da sobremesa de maçã com caramelo, do vinho com água gasosa e de uma camaradagem gastronômica que não especula com a saúde nem com o futuro, e que não recusa a alegria de um prato forte em meio ao inverno mais cru.

Com sua vestimenta impecável, seu penteado de coiffeur matizado de gel e seus modos de moço refinado, Fernando destoa do lugar. Não parece importar muito a ninguém, ocupados como estão todos em sua tarefa de devorar o que as mãos desses asturianos lhes puserem na frente. O jovem está um pouco desgostoso. Descobre que o lugar, embora não tenha mudado nada, não guarda nenhuma similitude com sua lembrança. Não lhe agrada o ruído e menos ainda a certeza de que vai sair dali fedendo a fritura. Quando vê seu pai entrar, já está bastante mau-humorado. Ao passar pelo garçom, Miranda pede dois ravioles com guisado, tinto e água gasosa.

Oi, filho. E aí, pai? Como vai? Bem, com muito trabalho, cada vez tenho menos tempo livre. O que anda fazendo? Entre a faculdade e a política. Está metido em política? Te contei, velho, faz uns dois anos que estou trabalhando no Justicialismo[56]. Gosta da política? Claro, para que acha que estudo direito? Para que? Velho, neste país os presidentes são advogados ou milicos, como milico eu não quero ser... Mas parece que presidente sim. Sim, se eu conseguir. Não consegue pensar em nada melhor? Ladrão, por exemplo? Não me sacaneie, no fim dá quase na mesma. Só que os políticos, é mais difícil que acabem indo em cana. Muito engraçado. E você velho, como está? Mais ou menos. O que houve? Estão me jogando em cima um morto no assalto a um carro-forte. Já sei, e os mortos são três. Te fiz um desconto por ser meu filho...

---

56 Partido fundado por Juan Domingo Perón (N do T).

Mas bem, não tenho nada a ver com essas mortes. Há um tira que está colocando tudo no meu, mas como também estou sendo procurado pela questão do banco, a verdade é que não tenho como ficar dando explicações. E então? Sua mãe não quer saber de mais nada comigo. Não lhe falta razão. Não mesmo. Me deixou com cara de bunda, mas sei que me aguentou além da conta. Nisso estamos de acordo. O que está pensando em fazer? Me esconder até que a coisa se acalme. Acho uma boa ideia. É mesmo? E a verdade é que um pai como você não ajuda em nada minha carreira política. Obrigado. De nada. Bom, tenho algo que vai lhe ajudar. De que se trata? De dinheiro. Dentro deste envelope, há um número, é uma senha, e o telefone de um tal Christian. Ahá. O cara é o representante de um banco suíço onde tenho uma boa grana depositada. Guarde as informações. Coloque-as num lugar seguro, ou melhor, memorize-as e depois destrua-as. Está bem, que quer que eu faça com o dinheiro? Use-o como precisar. Bem, obrigado. Há duas condições. Vamos ver. Que não falte nada à sua velha e que me apoie se eu chegar a perder. Isso você nem precisa dizer, velho, até me estranha.

O garçom serve-lhes a bebida e os pratos fumegantes. A Fernando, não agrada que seu pai tenha pedido sua comida sem consultá-lo. Sabe que esse molho espesso não vai lhe cair bem.

E essa cara de bunda? Que cara de bunda? A sua, qual seria? Não enche, velho, não começa. Me conte de você: o que anda fazendo, tem namorada? Não. Desculpe a pergunta: gosta de mulher? Não começa, velho. É uma pergunta. O que há? É que te acho tão delicadinho. E daí? Nada, me diga a verdade, você é viado? Velho, essa é uma das categorias que minha geração não usa. Gosta de homem? Na verdade, até agora não encontrei nenhum que me atraísse, isso responde sua pergunta? Em parte, me preocupa o "até agora"". Por que te preocupa? Não sei, te acho muito afeminado, se quer que seja sincero. Velho, eu me criei com minha velha e minha tia. Onde você estava? Está bem, já entendi, mas isso não é desculpa. E quem precisa de desculpas?, você se sentiria melhor se eu tivesse uma namorada? Na verdade, sim. Bem, da próxima vez que nos virmos, te trago uma amiga e te apresento ela como minha namorada... Não se trata de me agradar. E do que se trata? De saber se você é macho ou não. Isso te preocupa tanto? Sim, me preocupa tanto. Olha, é problema meu e a verdade é que você não tem uma atitude muito aberta com essa questão. Falando em abertura... Não me ofenda, por favor. Ai, agora se ofende. Não tenho por que aguentar isso. Ah, não, e o que está pensando em fazer? Observe...

Fernando se levanta, lhe dá as costas e sai do botecão. A porta pela qual acaba de sair, que se abre e se fecha ao ritmo de suas molas, lhe proporciona uma imagem de filme mudo: Fernando caminhando até a beira da calçada, olhando para um lado, olhando para o outro, erguendo um braço, abrindo a porta de um táxi, falando com o chofer, a rua vazia. Pede a conta, paga, bebe de um trago o resto de vinho com gasosa, se levanta e sai à rua. Ali, na porta, o estão esperando não menos de seis policiais à paisana apontando-lhe armas de cano longo e curto, três Falcon e um garoto jovem. Ergue os braços. Rapidamente, dois dos tiras se aproximam, revistam-no, algemam-no e o enfiam no banco traseiro de um dos carros. Perdeu.

Lascano pega um táxi rumo a Ezeiza. Com perfeita sincronia, Samsone lhe mandou, minutos antes, o passaporte falso confeccionado pela própria Federal em nome de Ángel Limardi, o mesmo que consta na passagem aérea. Em Ezeiza, transpostos o check-in e a divisão de migrações, fica sabendo que o voo está atrasado duas horas. Se senta numa das poltronas junto às janelas desde as quais se podem ver a pista, os aviões que chegam e os que partem.

Amanhece como num dia qualquer na cova dos leões dos Tribunais. Miranda está bastante deprimido. Percebe que com esse garoto, que vem a ser o promotor Pereyra, não vai haver acerto possível. Se felicita por ter deixado resolvido o problema da grana com seu filho, agora não vai ter que depender de mais ninguém, principalmente depois que Parafuso deixou de ser confiável. Está começando a planejar sua nova vida na cadeia quando um policial abre a porta da jaula e grita *Miranda!* O Toupeira se levante e se aproxima. O tira o faz sair, fecha e o escolta até a mesa da entrada. Não entende o que é que está acontecendo. O oficial de guarda puxa a gavetinha de madeira na qual guardaram suas coisas e a esvazia sobre a escrivaninha. Isto só pode significar que vão lhe dar a liberdade. Tem um instante de pânico que o paralisa. O oficial olha para ele com sarcasmo.

Que foi, Miranda, quer ficar?

Que o soltem neste momento, pode significar que o estão esperando na porta para sequestrá-lo, meter-lhe dois balaços e jogá-lo numa vala. Não vai se a primeira vez que acontece, é um tratamento habitual para um assassino de policiais. Miranda pega suas coisas, enfia-as desordenadamente nos bolsos e caminha até a porta. Um policial o acompanha, para uns passos antes, outro policial abre. Enquanto o Toupeira pisa a calçada cheio de apreensão, um carro se aproxima velozmente. Não pode ver o interior porque tem vidros fumê. Miranda dá um passo atrás e se dispõe a tentar a fuga. Um vidro se abre. Sorridente, seu filho Fernando o convida a subir.

O que é isto? Está livre, velho. Como conseguiu? Muito fácil, fiz falsificar uma ordem de liberdade imediata emitida pela vara que tem seu caso. Fácil assim? Não tanto, tive que conseguir um advogado morto de fome para vir pleitear sua liberdade sabendo que amanhã vão agarrá-lo pelas orelhas. Como ficou sabendo que tinham me encanado? Quando saí do botecão infame, peguei um táxi e me pareceu que havia um movimento estranho, de modo que desci duas quadras depois e voltei caminhando. Quando chego à esquina do bar, vejo que estão te levando. Bom, você não saiu tão bravo, então. Bravo eu continuo, mas isso não tem nada a ver, o que mais temia era que te dessem um tiro na nuca, por isso os segui num táxi. Quando vi que estavam entrando nos Tribunais, fiquei tranquilo e comecei a trabalhar sua liberdade. Brilhante, garoto. Modestamente. E agora, o que vamos fazer? Vamos a um lugar onde vão te fazer um documento de identidade, depois te levo a Ezeiza. Quando você puder voltar, eu te aviso. Está bem. Vou te arranjar um advogado de primeira, mas com uma condição. Diga. Vai parar de criar problema com os assaltos? Prometido.

29

Quando Marcelo fica sabendo que Miranda saiu em liberdade com uma ordem falsificada, lhe dá um ataque de fúria que deixa gelados todos os seus auxiliares. Os gritos e insultos deste jovem habitualmente educado e composto que está se formando argentino ressoam pelo labirinto dos Tribunais como a fúria descontrolada de um deus grego. Miranda lhe havia feito a mesma coisa pela qual chamara Lascano de incompetente. Jura para si mesmo que esse cara não vai lhe escapar, por mais escorregadio que seja, que não vai parar até que o tenha algemado na cadeira que substituirá a que demole a pontapés. Quando se esgotam suas forças, se deixa cair na poltrona e fica olhando a porta entreaberta como se a qualquer momento fosse entrar Miranda, o Toupeira. Mas isso não acontece. Em compensação, pela fresta, surge timidamente sua secretária com um gesto entre assombrado e temeroso e lhe propõe suavemente que tire o dia para descansar. Marcelo sente vontade de saltar por cima da escrivaninha, agarrá-la pelo pescoço e estrangulá-la, o que é um claro indicativo de que deve aceitar sua sugestão. Sai batendo a porta. Já na rua, atravessa apressadamente a Praça Lavalle até a Libertad. Ali, se junta um grupo de secundaristas. As moças lembram Vanina quando a conheceu. Precisa vê-la. Para um táxi, se esparrama no assento, fecha os olhos e abre a janela para que o ar da rua lhe esfrie os ânimos.

Para a cidade universitária. Libertad, Quintana, o Baixo? Tanto faz.

Doem os braços de Lascano pela tensão de haver mantido em voo o avião durante toda a viagem. Quando começa a atravessar a camada de nuvens, São Paulo começa a se delinear em sua janela. Quanto mais perto a terra, melhor se vai sentindo. Um rio serpenteia até o mar, abrindo passagem trabalhosamente numa intrincada orografia de casas, casebres e mansões de conto de fadas reunidas em bairros breves com ruas circulares e sem saída, bairros feridos por autopistas de cimento nas quais se engarrafam automóveis, ônibus e caminhões de todas as pelagens.

Pela Marginal que acompanha o Tietê, esse rio negro, hediondo, que tem a consistência de um pudim, competem por um metro de espaço o luxoso Mercedes Benz azeviche com o calhambeque que uma gambiarra mal mantém de pé, do hipermoderno caminhão basculante até o ônibus desconjuntado povoado de operários circunspectos e esgotados. O trânsito, como o rio, avança, se detém, avança, se detém. A autopista se corta, se desvia, se retoma, se volta a cortar. Num desses desvios, o táxi que conduz Lascano de Guarulhos até a Rodoviária para junto a um enorme depósito. Por um buraco que faz as vezes de enorme janela, surge uma gigantesca mulata de papel maché com um par de monstruosas tetas nuas apoiadas na verga. Os olhos coloridos e alucinados da boneca de carnaval se cravam em Lascano como um presságio. O táxi retoma seu percurso, observa o resto dos motoristas. Ninguém presta a mínima atenção ao monumental demônio sexual surgido na avenida. Aqui, a mulher colossalmente erótica faz parte da paisagem. O Cachorro deseja neste momento não ter parado de fumar.

Quando o táxi para, a vê. Está sentada numa escadaria do pavilhão da Faculdade de Arquitetura. A seu lado, Martín, o arquiteto pintor, afetando uma pose praticamente feminina, a corteja. Marcelo quase pode imaginar o que estará dizendo e pensa que não vai deixar que lhe roube a mulher assim sem mais. Atravessa a passos largos a rua que os separa. A julgar pelo gesto de surpresa de Vanina e o de terror de Martín, o seu deve ser de louco furioso. As ações seguintes de Marcelo corroboram a impressão. Sem dizer palavra, pega-o pelas lapelas de seu cuidadosamente descuidado casaquinho de cotelê, o põe de pé e o empurra. Martín tem um impulso como de macho, mas Marcelo se aproxima ameaçador até que seus rostos ficam a poucos centímetros. O corpo de Martín vai realizando uma estranha combinação de movimentos. Da cintura para baixo, hesita, retrocede e quer fugir. Da cintura para cima, quer se mostrar desafiante e valente. Mas a dicotomia não dura muito, o canteiro das plantas secas impõe um limite ao recuo de Martín, mas Marcelo continua avançando sobre ele. Sem poder retroceder mais, Martín levanta um pé e o coloca sobre o canteiro numa pose que quer ser de controle da situação, mas a parte de cima de seu corpo já está pedindo pista e suas sobrancelhas, clemência.

A impostura provoca risos em Marcelo, e também piedade, mas está decidido a humilhá-lo. Apoia um dedo em seu peito, faz uma leve pressão e o arquiteto desaba sobre o canteiro. Ao cair, sua cabeça bate contra um pedaço de cimento armado, produzindo um ominoso bum oco que paralisa Marcelo e Vanina. Ela reage, se inclina sobre Martín, pega-o pela cabeça e lhe pergunta se está bem. Martín abre os olhos, leva as mãos à cabeça e diz que sim. Marcelo dá meia volta e sai caminhando por onde veio. Pela primeira vez em sua vida, sente a intensa satisfação de ter feito algo muito, muito errado. Pensa que, com isto, se queimou para sempre com Vanina. É dos que acreditam que as mulheres sempre ficam do lado dos mais fracos. Por isso, se surpreende quando ela o alcança, pega-o pelo braço, obrigando-o a se voltar para ela e lhe pergunta se está louco. Começam numa discussão que termina no Etcétera, o motel da rua Monroe, quase na Figueroa Alcorta, que tem uma vista esplêndida do final dos bosques de Palermo. Ali, na paz do sexo satisfeito, contemplando-se magnificamente despidos no espelho do teto, Marcelo lhe propõe casamento. Vanina responde imediatamente que sim e se encolhe contra seu corpo. O rapaz pensa em como vão ficar contentes sua mãe e sua sogra quando ela lhes contar e algo como um pesar entra nele: tem a sensação de que sua vida começou a se transformar numa eterna tarde de domingo.

Quando Lascano chega a Juquehy, já é noite. Só consegue alojamento num hotel para turistas construído no meio do mato. Os quartos, de uma rusticidade elegante, estão dispersos e rodeados de bromélias e orquídeas. O povoado é muito pequeno. Janta no hotel, depois toma uma chuveirada e se atira na cama. O sono lhe vem como um cruzado na mandíbula. Desperta na manhã seguinte como se fizesse dois minutos que havia dormido. Pelas ruas empoeiradas de Juquehy, seu terno branco impressiona como se fosse um fazendeiro ou um pai de santo que saiu para dar uma caminhada, e as pessoas comuns olham para ele com reverência. Perguntando, chega à Rua Lontra. É uma rua de terra lavrada pelas chuvas. À medida que avança, a ladeira se torna mais e mais empinada, o solo mais abrupto, a vegetação mais frondosa. Ao contornar uma curva, se abre uma pequena laguna alimentada por uma diminuta cachoeira canora. Atrás, há três casas. Nenhuma tem numeração nem traços distintivos claros. Parecem desabitadas. Bate à porta de lata da primeira, ninguém responde.

A entrada da segunda está coberta por uma grade. Toca a campainha e acode um mastim assustador, calado como uma sombra, que passeia entusiasmado sem tirar o olhar de cima dele. Parece ansioso para cravar os dentes nesse pedaço de carne que se atreve em seus domínios. A terceira, encravada no alto da subida, tem uma pequena porta de madeira fechando uma escada de troncos que conduz a um terraço no qual se agita uma rede e, por trás, umas gelosias verdes. Não há campainha, bate palmas, mas quem lhe responde é um homem que vem descendo a ladeira com uma bicicleta no ombro.

O pessoal saiu. Estou procurando uma senhora que se chama Eva, conhece? Ah sim, ela mora aqui. Sabe onde posso encontrá-la? Sei... Onde? Eles têm uma barraquinha na praia logo ali. Sabe onde tem uma faixa escrito "Gardelito"? Estão lá desde cedo. Barraquiña... Como faço para chegar cedo? Meu senhor, eles é que chegaram cedo, o senhor pode ir lá agora, a pé mesmo. Claro, por onde? Pela praia. Para a direita ou para a esquerda? O senhor desce até a praia, pega pra direita, anda um bocado, aí o senhor vai ver as sombrinhas cor de laranja, se bem que a essa hora não sei se o rapaz já colocou... Como reconheço o lugar?... Quer saber? Vamos fazer o seguinte. Como? O senhor vem comigo, estou indo pra lá.

Lascano descobre que a descida é mais penosa e também mais perigosa que a subida. O homem que segue é um mulato magro e fibroso cujos pés conhecem à perfeição cada pedra, cada obstáculo, cada fresta do caminho. O Cachorro opta por segui-lo pondo os pés onde eles pôs. Ao chegar à rua que margeia o mar, o homem sobe em sua bicicleta e começa a andar. Lascano o vê se afastar sem olhar para trás e segue na mesma direção. O cara disse que haveria algo cor de laranja. Disse "eles estarão aí" ou foi impressão? O coração de Lascano aperta de pensar que talvez tenha que aceitar que Eva formou outro casal. Mas precisa saber. Não sabe o que fará se for esse o caso. Não sabe sequer se se aproximará dela em tal hipótese. Não quer que sua presença possa lhe acarretar nenhum problema, que sua vida, agora alheia, venha perturbar o que ela tiver conseguido construir. E, no entanto, Eva é tudo o que imagina como futuro. Sem ela, o mundo lhe parece baldio, inútil, sem sentido. Tem medo do que possa encontrar, mas continua caminhando atrás de uma recordação precisa.

Ao cabo de dez minutos de caminhada por essa rua feita de lajotas octogonais de concreto, observa o mulato junto a sua bicicleta, trinta metros adiante, que aponta para a praia. Quando Lascano lhe responde com a mão, volta a montar na bicicleta e se afasta. À sua direita, entre duas casas, se abre um corredor, ao fundo se vê o mar. Entra por ali. Ao sair, fica um pouco acima de um deck com guarda-sóis cor de laranja. Quando vai dar um passo na direção do local, ouve uma voz que lhe é familiar e que chama Victoria. Uma menina aparece correndo no deck. A pequena está rindo e leva na mão uma boneca preta de pano com um vestido de bolinhas. Atrás dela, surge Eva. Tem o cabelo solto, está muito bronzeada, veste o sutiã de um biquíni e um pareô no qual, animados por seu andar, lutam dragões multicores. Lascano tem a mesma impressão que teve na primeira vez que a viu. A mesma emoção. O mesmo desassossego. A mesma sensação de irrealidade. Como se aproximar? Como se apresentar? Com que palavras? Com que gestos, agora que só sente vontade de gritar e de chorar e de morrer?... Mas um homem aparece no deck de costas para ele. Se aproxima dela. A menina dá um pulo e se joga em seus braços, ele a abraça e ergue-a contra seu peito. A menina olha na direção de Lascano. Novamente, os olhos familiares que parece que giram ao olhar. Os olhos de Eva, de sua mãe, do pequeno Juan, agora os de Victoria. O homem se aproxima de Eva, abraça-a pela cintura, ela dá um quarto de volta e o beija nos lábios. Parece iluminada, parece feliz, parece bonita, mas quando o sujeito faz um giro de corpo, Lascano tem a impressão de ter sido atingido por um raio: esse homem é seu amigo Fuseli.

Sente os joelhos afrouxarem e se deixa cair até ficar sentado na escadaria que marca o final do corredor e o começo da areia. Areia pela qual Eva, Fuseli e a pequena Victoria caminham tranquilamente até a água. Atrás deles, o mar lambe preguiçosamente a margem; mais atrás, a ilhota selvagem se povoa de pássaros. Sente que a cabeça dá voltas, crê estar prestes a desmaiar. Não quer, de nenhum modo, se encontrar com eles nesse estado. Quer estar a mil quilômetros de distância, quer se afastar, sente que está a ponto de explodir. Se levanta, retorna aos trancos pelo corredor, sai à rua onde o sol o deslumbra. Diante dele, há um homem. Faz viseira com a mão e o reconhece: Miranda, o Toupeira.

Era só o que me faltava. O que está fazendo aqui? Vim te buscar. Me buscar? Tive que me mandar, há um promotorzinho que me jurou. E a família? Bem, obrigado. O garoto já está grande e a Morena se cansou de me aguentar. Sério, pode me dizer que caralho está fazendo neste lugar. Olha, tive que decidir de um minuto para outro pra onde me mandar e aqui era o único lugar no mundo onde havia alguém conhecido fora de Buenos Aires. Você está louco de jogar pedra. Olha quem fala. O que está pensando em fazer? Nem ideia, e você? Também não. Deu errado a história da garota que você vinha buscar. Como sabe? Ora, Cachorro, você acha que é o único que sabe fazer deduções? É só olhar pra sua cara, há outro macho? Prefiro não falar disso. Então não falemos... E com a historinha que você me contou de levar o netinho para passear, que houve? Disso, prefiro não falar eu. Então não falemos...

Como obedecendo a um acordo tácito, Lascano e Miranda se põem a caminhar rua acima. O Toupeira olha para as lajotas octogonais, o Cachorro para a praia.

Vai me dizer quem foi que me entregou quando você me pegou na pizzaria? Continua com essa história? Continuo. Ninguém te entregou, Toupeira, te encontrei de pura sorte. Sério? Por acaso você não sabe que o acaso está sempre contra os bandidos?

... Tchê, me disseram para ir para o norte, que vale a pena conhecê-lo. Para onde? Pra Bahia. É só o que me falta, acabar conhecendo a Bahia com esse. O que disse? Nada, não me faça caso. Então, vamos? Sei lá, estou tão pirado que não sei se caso ou compro uma bicicleta. Olha, me disseram que em Salvador há uns bancos que são um doce. Eu não estou pensando em afanar nenhum banco, Miranda, não me venha com besteiras. Agora que estamos bem, não, mas nossa grana não vai durar a vida inteira...

Na praia, Eva e Victoria constroem um castelo. Fuseli acende um charuto toscano, dá meia volta e olha para o corredor que conduz à rua. Alguns minutos antes, teve a impressão de ver ali uma figura familiar. Pensa que a saudade está lhe pregando uma peça.

A muito poucos metros dali, conversando, Lascano e Miranda encaram a ladeira.

Grupo
Editorial
LETRAMENTO